JN034950

「まあ、しかし、
これで決心が着いた」
ジークルーネは立ち上がり、
岩の上に置いてあった自らの外套を拾う。

百錬の覇王と聖約の戦乙女(ヴァルキュリア)22

鷹山誠一

HJ文庫
911

口絵・本文イラスト　ゆきさん

contents

鋼

Character

周防勇斗（すおうゆうと）

現代からユグドラシルに召喚された少年。今や複数の氏族を従える《鋼》の大宗主。

志百家美月（しもやみつき）

勇斗の最愛の幼馴染。自らの決意でユグドラシルの住人となる。

ジークルーネ

勇斗の義妹で武人。《月を食らう狼（ハティ）》のルーンと「最も強き銀狼（マーナガルム）」の称号を持つ。

フェリシア

勇斗と義妹の契りを結んだ《無貌の従者（スキールニル）》のルーンを持つ少女。

クリスティーナ & アルベルティーナ

《爪》の宗主の娘で、勇斗と盃を交わした双子のエインヘリアル。《鋼》風の妖精団座長。

百錬の覇王と聖約の戦乙女《ヴァルキュリア》22

鋼

リネーア

勇斗の妹分。内政を司る《角》の宗主兼《鋼》の若頭。

ヒルデガルド

《狼をくらうもの》(ウールヴヘジン)のエインヘリアル。ルーネの指導のもと成長中。

イングリット

《剣戟を生む者》(イーヴァルディ)のルーンを持つ、《鋼》の工房の長で勇斗の義娘。

フヴェズルング

《千幻の道化師》(アルスィオーヴ)のルーンを持つ仮面の男。正体はフェリシアの兄ロプト。

織田信長(おだのぶなが)

ユグドラシルに召喚された戦国最強の武将。《炎》の宗主として大陸の覇権を狙う。

ホムラ

信長の娘にして、双紋のエインヘリアル。現在さらなる成長中。

ラン

信長の無二の家臣。信長をかばい戦死する。

炎

極寒の地ニブルヘイム
ギンヌンガガブ砂漠
雲
豹残党
鋼
イアールンヴィズ
神都グラズヘイム
ユーダリル高地
炎
ブリーキンダ・ベル
ヘヘルグリンド砂漠
N

《鋼》組織図

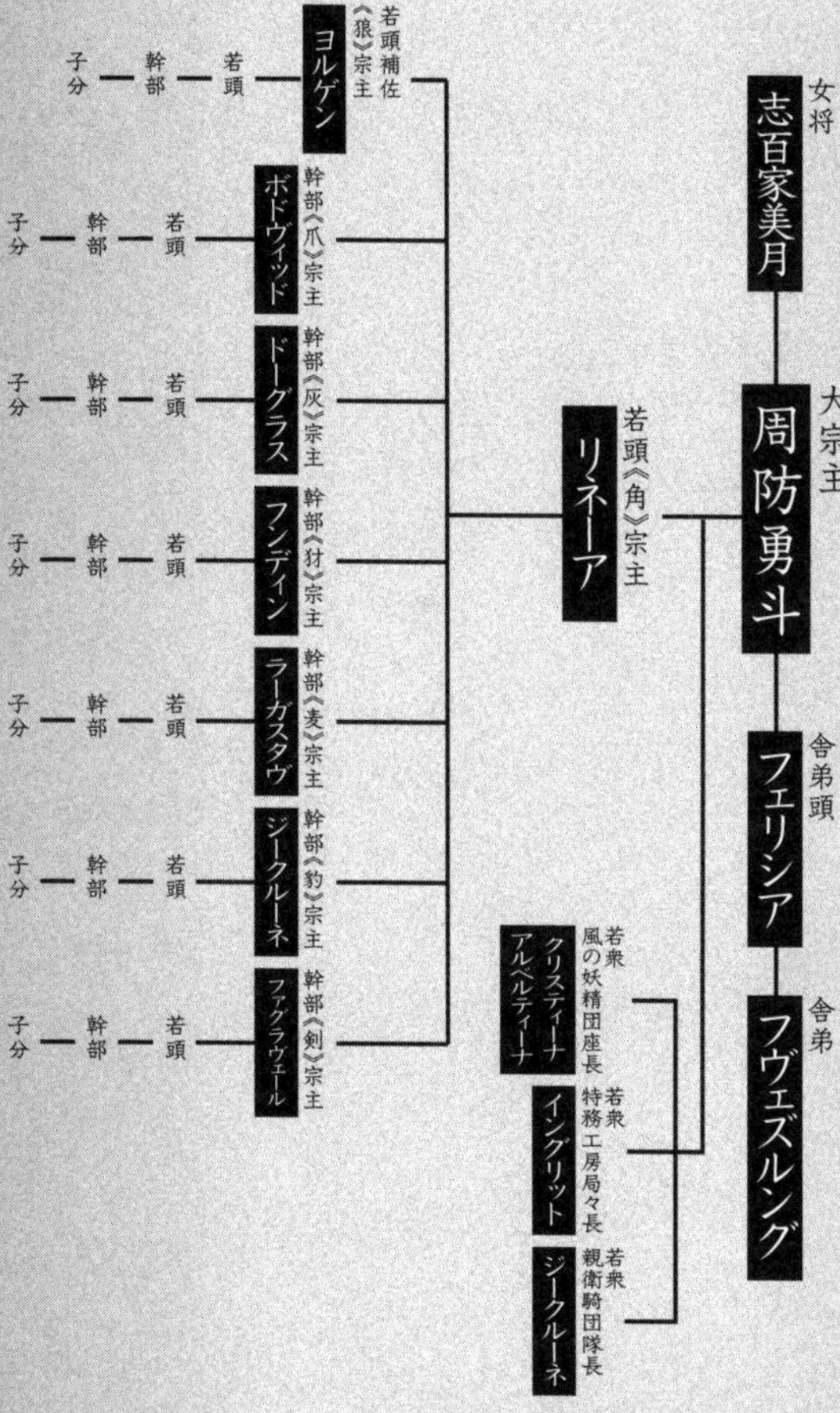
女将
志百家美月
大宗主
周防勇斗
舎弟頭
フェリシア
舎弟
フヴェズルング
若頭《角》宗主
リネーア
若衆
風の妖精団座長
クリスティーナ
アルベルティーナ
若衆
特務工房局々長
イングリット
若衆
親衛騎団隊長
ジークルーネ
若頭補佐
《狼》宗主
ヨルゲン
若頭
幹部
子分
幹部《爪》宗主
ボドヴィッド
若頭
幹部
子分
幹部《灰》宗主
ドーグラス
若頭
幹部
子分
幹部《犲》宗主
フンディン
若頭
幹部
子分
幹部《麦》宗主
ラーガスタヴ
若頭
幹部
子分
幹部《豹》宗主
ジークルーネ
若頭
幹部
子分
幹部《剣》宗主
ファグラヴェール
若頭
幹部
子分

PROLOGUE

ユグドラシルに召喚された日のことを、勇斗は今でも鮮明に覚えている。

山の中にいたはずなのに突如、怪しい煉瓦造りの空間に放り出され、西洋人に近い風貌の数十人の人間に取り囲まれ、首筋に剣を突きつけられたのだ。

わけがわからなかったし、不安だったし、とにかく怖かった。

それからの日々も、地獄以外の何物でもなかった。

出てくる料理はどれもこれも現代の日本人の感覚ではクソ不味いものなのだ。

空腹に耐えかねて吐きそうになるのを我慢しながら口にすれば、酷い腹痛と下痢と嘔吐に苛まれる。

そのうち栄養失調で死ぬんじゃないかと毎日、本気でガクガク震えていた。

気を許せる人間もいない。

一人で生きていく力もない。

言葉もまるでわからない。

それでいて、周囲からの失望や見下し、嘲笑の目や声は伝わってくる。
毎日、なんで自分がこんな目に遭ったのかと運命を呪っていた。
ちょっとご神体を写真に撮っただけでこの仕打ちは、あまりに理不尽だと神を恨んだ。
あんなことをさえしなければ、と後悔しない日はなかった。
だが――
だが今は――

ACT 1

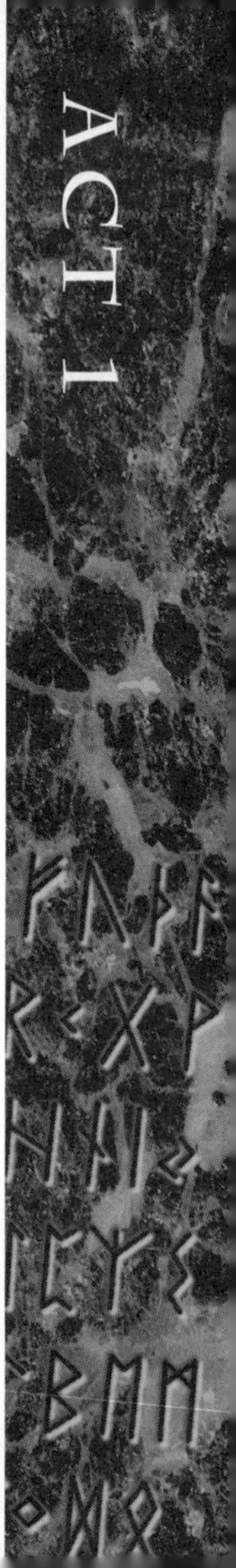

「っ!?　なんだ今のは!?」

遠く何かが倒壊するような地響きをとらえ、リネーアはぎょっと馬足を止める。

一瞬、地震かと思ったが、そういう感じでもない。

ただ遠いはずなのに、地響きはとにかく長く、重々しい。

こんなものには、心当たりは一つしかない。

「グラズヘイムで何かがあったようですな」

傍らでは同じく馬上のラスムスが、顔を強張らせて言う。

リネーアにとっては父親代わりのような人物で、現役を退き舎弟頭となった今も彼女にとっては最も頼りにしている腹心である。

「おそらく、ヴァラスキャールヴ宮殿そのものが倒壊したのだ」

「とうっ!?　えっ!?　そ、それでは陛下は!?」

ラスムスがぎょっと目を剥き、狼狽した様子でグラズヘイムのある方向を振り返る。

その反応で、リネーアはピンとくる。

先の二度に渡る大地震の影響、とでも考えたのだろう。

だが、それが自然な反応ではあった。

ヴァラスキャールヴ宮殿は、それ一つで小さな都市一つがすっぽり収まるほどの、尋常ならざる広大な宮殿である。

彼もその壮大さを己が眼でしっかりと見ている。

あんな巨大な建造物を人の力で一気に倒壊させるなどということは想像の埒外だったに違いない。

「問題ない。倒壊させたのは他でもない父上だからな」

リネーアはまだ一七歳という若年ながら、勇斗にもしもの時には《鋼》の全権を預かる若頭である。

当然、この策の事は前もって聞いていた。

「ま、まさか……あれをでございますか!?　いや、しかし……平衡錘投石器でも、《炎》の国崩しをもってしても、そんなことはできますまい。いったいどうやって……」

とても信じられないとばかりにラスムス。

その顔はすっかり蒼白になっている。

平衡錘投石器や、国崩し（大砲）でさえ、彼にとっては空前絶後、もはや神の天罰としか言いようのない超常兵器なのだ。

だがその二つをもってしてすら、城壁の一部、建物の一部を崩壊させるのがせいぜいで、こんな轟音を伴うような大崩落はまず発生しない。

いったい何をやったのか、想像もつかないのだろう。

「火薬と火縄だ。それにより同時に建物を支える支柱を爆破して敵を崩落に巻き込む、と父上は仰っていた」

「ふむぅ。なるほど。言われてみれば確かに可能ではありますな。しかし、そのような使い方があるとは……いやはや、まったく思いつきもしませんでした」

ラスムスは眉間にしわを寄せ、感心したように頷く。

気づいてさえしまえば至極簡単でどうしてこれをとなるのだが、この結び付ける、というのが極めて難しいのだ。

例えば、雨でぬかるんだ大地で身体を動かすより、ある程度固い大地で動いたほうが動きやすい。

子供でもわかる当たり前の理屈であるが、それを馬上に応用したアブミを、ユグドラシル人は誰一人として思いつかなかった。

それを勇斗はあっさり次々と思いついていく。

まったくとんでもないとしか言いようがない。

もっとも勇斗にしてみれば、単に知っていただけに過ぎないのだが。

「とは言え、最終最後の手段だとも父上は仰っていた。戦局はかなり厳しそうだ」

グッと拳を握り焦燥感を抑え込みつつ、リネーアは努めて冷静に言う。

この策が用いられたということは、それすなわち、ヴァラスキャールヴ宮殿にまで敵に押し寄せられたということだ。

勇斗が相当追い詰められた状況にあることは間違いなかった。

「ふぅぅむ、あの向かうところ敵なしであった陛下を相手どり一度は完勝し、今回もまたそこまで苦しめるとは、やはり信長と言う男は相当な化け物ですな」

「ああ、だから急ぐぞ。おそらく父上は抜け道の出口付近にいるはずだ」

この大崩落で片が付いていればいいが、未だ《炎》軍が健在である可能性も当然ある。

もしそうであるなら、リネーア率いる一万の援軍はきっと、かなりの助けになるはずだ。

合流までの時間いかんによっては、勇斗の生死や戦局をも左右することも十分にあり得る。

一分一秒、無駄にはできなかった。

なによりも、今は一刻も早く勇斗の無事な姿が見たかった。

「一難去ってまた一難、だな」

腹ばいの姿勢でそうっと双眼鏡で周囲をうかがいつつ、勇斗は苦々しげに顔をしかめる。

今、勇斗がいるのはグラズヘイム北西部に広がる森林である。

木材資源として貴族用に植林されたものだが、実はここが玉座からグラズヘイム市外への抜け道の出口になっていた。

「まだこんなにいるのかよ……」

うんざりとつぶやく勇斗の視線の先にいるのは、うろうろする《炎》兵たちの集団である。

こっそりグラズヘイムから抜け出す者がないよう、見張っているのだ。

捨て身の偽装退却により《炎》軍を誘い込み、ヴァラスキャールヴ宮殿の崩落計に見事ハメ、さらに落ち葉を使い庭園を火の海にして呑み込ませたはずなのだが、まだまだ相当数の兵が残っていたようである。

「どうします、お父様」

「さて、どうするかなぁ」

フェリシアの問いに、勇斗はうーんと眉間にしわを寄せる。

今は偵察がてら勇斗とフェリシアの二人だが、地下道にはまだ三〇〇〇ほどの兵が待機している。とはいうものの、真正面から戦い合えば、まずこちらに勝ち目はない。

かといって逃げるとしても、兵たちが地上に出るだけでも相当の時間がかかるし、その人数から当然、敵に発見される可能性は跳ね上がる。

もし、準備が整わぬうちに包囲強襲されれば、一網打尽にされかねない。

勇斗は眉間にしわを寄せ、グラズヘイム郊外に陣取る《炎》軍を凝視し、

「……とりあえず様子見するか」

ふうっと嘆息とともに言う。

あえて何もしないというのも、それはそれで決断である。

幸い、抜け道の入り口はかなり念入りに偽装されているから、とりあえず今すぐ敵に見つかるなどということはないだろう。

ヴァラスキャールヴ宮殿の崩落に信長が巻き込まれたのは、クリスティーナの報告からも間違いないのだ。

となれば、総大将を失った《炎》に、いずれ指揮系統の混乱が起きる可能性は高い。

仮にその悪運と直観力で信長が生存していたとしても、その時はフヴェズルングやハウグスポリに混乱に乗じて信長を狙撃するよう前もって取り計らっている。

あの信長ならば、それさえ乗り越える可能性があるが、その時はその時だ。

もうかなり近い位置にまでリネーア率いる別動隊一万がきているはずであり、彼女と合流すればまだ戦える力が手に入る。

だから今は、ただじっと機を待ち続けるのみだった。


ダァアン！

その銃声は、兵たちの喧噪の中でも異様に大きく響き渡った。

「ぐうっ!!」

信長は背中を駆け巡る焼けるような激痛に、思わず苦悶の声を漏らした。

火縄銃による負傷は初めてではないが、生まれ持った天運ゆえか、これまでは足やかすり傷で済んでいた。

だが、今回撃たれたのは胴体。かなり危険な部位である。

「と、とと様!?　とと様！　大丈夫ですか!?」

胸の中で、ホムラが心配そうな声をあげる。

とりあえず彼女も生きているらしい。

良かった、と信長は素直(すなお)に安堵(あんど)の吐息(といき)をこぼす。

「うぐっ、ぐぅう、あ、あまり大丈夫でない、のぅ」

「う、撃たれたの⁉」

「うむ、背中をの。ホ、ホムラ、お、おぬしは痛いところはないか？」

「ホ、ホムラはとと様が守ってくれたから、大丈夫。で、でもとと様が……」

「おぬしが無事ならばまずはそれでよしよ」

強がりでもなんでもなく、それが今の信長の率直(そっちょく)な本心であった。

不思議とまったく後悔がないのだ。

「大殿(おおとの)！」

「は、早く止血を！」

「す、すぐに薬師を呼びます」

馬廻衆(うままわりしゅう)が駆け寄ってきて騒(さわ)ぎ立(た)てる。

すぐに手当てが開始されるが、

（……ちっ、とは言えこれは、少々ヤバいのぅ）

信長は忌々しげに内心で毒づく。

出血とともに、どんどん身体から力が抜けていき、思考にもやがかかっていくのが自分でもわかる。

かなり危険な状態だった。

「サ、サーク」

「おそばに」

信長の呼びかけに、白髪の老人が答える。

五大軍団長最後の一人であり、《炎》に先々代から仕えている、もはや生き字引的な将軍である。

「しばらくの間、軍の指揮は貴様が執れ。わ、儂が狙撃されたことは、こ、この場にいる者だけに留めよ。ぜ、絶対に外に漏らすな」

「はっ、承知いたしました」

「うむ、う、上手く取り計らえ。げほげほっ」

言い捨てた途端、腹の底からこみ上げてくるものがあり、咳とともに吐き出す。

べちゃっとそれは地面を赤く染める。

（どうやら儂の悪運もいよいよ尽きた、か）

左脇腹を見やりつつ、信長は顔をしかめる。
背中から撃たれたというのに、脇腹に穴が開いていない。
考えられることは一つである。
弾が貫通しておらず、体内にあるということだ。
（……儂はここで死ぬのか？　こんなところで……）
なにせ当たった場所が腹部である。
鉛弾が体内でひしゃげ、臓物を著しく傷つけた可能性が極めて高い。
加えて、早晩、鉛の毒も身体に回ろう。
すでに死病に侵された信長には致命的であった。
（否！　断じて否！　こんなところで死んでたまるか！）
世の理に逆らうように、信長は咆える。
そう、こんなところで死ぬわけにはいかぬのだ。
周防勇斗をあと一歩のところまで追い詰めている。
天下を目前にして、またそれを獲り逃すなど絶対に許せるわけがなかった。
だが、出血と痛みで意識は朦朧としていく。
ここで意識を失えば、もう二度と戻ってこられない。

そんな予感がした。

(彼奴はランを殺した仇敵ぞ。その報いを与えずしてなんとする⁉　天下を獲ってくれというランの遺言を忘れたか⁉)

薄れゆく意識の中で自分を叱咤し、なんとか意識を保とうとする。

その執念はもはや人のそれではなく修羅のごとしであったが、それでも刻一刻と意識は白濁としていき――

脳裏をこれまでの人生が矢継ぎ早に駆け巡っていく。

人が死を前にして見るという、走馬灯であった。

信長がこの世に生を受けたのは、天文三年五月一二日のことである。

父、信秀は当時、勢力拡大の真っ只中にあり多忙に多忙を極めていた。

信長は嫡男であった為、母である土田御前とも引き離され、次期当主として四人の重臣を教育係にして育った。

とは言え、教育係も所詮は他人であり、また主君の子である。

どうしても遠慮があり、その接し方は一線を引いたものであった。

後に天下に覇を唱える時代の寵児とは言え、当時は子供であることには変わりはない。

「なぜ父も母も儂に会いに来てくれんのだ!?　なぜ誰も儂を見ぬ!?」

子供心にそんなことを思い、そしてその事に強い苛立ちを抱いていたことを、今でも鮮明に覚えている。

信長自身の記憶にはないが、三歳ほどまでは乳母の乳首を噛み切っていたと聞く。

それほどまでに、彼は愛情に飢え、激しく憤っていたのだ。

「なぜあんなクソ親父の跡を継がねばならぬ!?　儂は儂の道を征く！」

信長は嫡男であり、次代の織田家当主である。

教育係たちからはこうするべきああするべきと次々と押し付けられ、次第に鬱憤は溜まっていった。

その後の信長の行動は、周知の通りである。

数々の奇行に走り、国の内外で「大うつけ」と呼ばれるようになった。

若さゆえと言えばそれまでではあるのだが、「織田家次期当主などという入れ物ではなく、ありのままの自分を認めろ！」という痛切な心の叫びだったのかもしれない。

ランの兄である森長可の度重なる命令違反や軍紀違反をどこか笑って許したのも、彼が昔の自分に瓜二つで、その心が誰よりよくわかったからだった。

転機となったのは、初陣となった吉良大浜の戦いであった。

風の強い日を選び出陣、奇襲すると同時に火を放ち、大きな戦果を挙げ、これには信秀はじめ重臣たちも大喜びし、褒めたたえてくれたものだ。

この時、結果を出せば周りから認めてもらえる事を知った。

だが、その後は戦場に出る機会もなく悶々とする日々が続き、一時なりを潜めていた奇行はまた日増しに増えていった。

そんな中でも、信長は朝夕の武の鍛錬は欠かさず、兵たちの兵装でも一際長い槍を採用するなど戦に備え続けた。

全ては政務にかかりきりの父や、弟ばかりを溺愛する母に自分の強さを見せつけ、認めさせる為である。

しかし、その機会は再び訪れることはなかった。

父信秀が突如として病に倒れ、死んでしまったのだ。

信長がまだ数えで一八歳の時である。

「なぜそんなに早く、あっさり死んだ!? 儂はまだ何も見せておらんぞ!」

その憤りのままに、焼香を位牌に投げつけたものだ。

そう、そうだ。

その時に決意したのだ。

あの世に逝(い)った父の耳にも届くほどの名声を手に入れてみせる、と。

天下に覇を唱えてやる、と。

(ふふっ、思い出したわい。そういえばそれがきっかけじゃった)

いつの間にか手段であったはずの天下布武(てんかふぶ)が目的そのものとなり、本来の目的はすっかり記憶の彼方(かなた)に忘れ去っていた。

もちろん、きっかけはきっかけだ。

戦乱の世を終わらせねばならぬ。

民(たみ)に安寧(あんねい)をもたらさねばならぬ。

自分以上にこの日(ひ)ノ本(もと)を、ユグドラシルをより良く統治できる者はいない。

男として生まれたからには、天下を目指さずしてなんとする⁉

儂こそが天下の覇者(はしゃ)じゃ！

そんな使命感や自負心が、今の信長の原動力である。

それでも、その強い信念の奥(おく)の奥で、愛情を求めていたことを否定はできなかった。

そう考えれば、思い当たることがないわけでもない。

自分に二度も逆らった同母弟、信行(のぶゆき)の息子(むすこ)も、一族の者として分け隔(へだ)てなく目をかけてやっていたことも。

次男の信雄などは親の目から見てもどうしようもない愚物であったし、伊賀攻めの時には烈火のごとく叱りつけたものであるが、結局は許したことも。

そして今回、ホムラを身を挺して守ったことも。

部下には冷酷非情、無理難題を課す信長であるが、身内にだけは甘すぎるほどに甘いのだ。

（第六天魔王と称したところで、儂も所詮は人の子であり親であったか）

今さらながらにそんなことを想う。

死を間近に控えたからこそ、強く想う。

（ならばまだこんなところでは死ねんな！）

沈みゆく意識の中で、信長は咆えるように心に活を入れる。

信長にはまだ、やり遂げねばならぬものがある。

たとえここで死ぬとしても、それをやり遂げてからでなければ死んでも死にきれなかった。

その時である。

無明だったはずの闇の中に、一筋の光が差した。

信長は導かれるように、もがくように、無我夢中でその光に手を伸ばす。

瞬間、ぱあっと視界が晴れていき――

「と、とと様！」

その先にあったのは、涙で顔をくしゃくしゃにした愛娘の顔だった。

「ふん、どうやら九死に一生を得たようじゃな」

身体を起こしつつ、信長は不敵に笑う。

死んでもおかしくない傷であり、出血であった。

それでもこうして生き延びるあたり、やはり自分は相当悪運が強いらしい。

「と、とと様！　ま、まだ寝ていた方が……」

「心配するな。儂はまだ死なん」

おろおろとする目の赤い娘の頭を、信長はポンッと撫でる。

（まだ、じゃがな）

そう心の中で付け加えもしたが。

確かになんとか今回は気合で生還を果たしはしたが、奇跡はそう何度も続くまい。

信長に残された時間が限りなく短いであろうことは間違いなかった。

果たして一ヶ月もつかどうか。

あるいは明日、目が覚めぬ可能性さえある。

その前に、全てに片を付けねばならない。

なりふり構ってはいられなかった。


「……軍にまったく動揺が見られないな」

下唇を噛み締めつつ、勇斗は苦々しげに顔をしかめる。

信長がヴァラスキャールヴ宮殿の崩落に巻き込まれたのは間違いない。

侵入し、奥深くにまで進んだタイミングで爆破したのだから。

だが、いつまで経っても《炎》軍に動揺が見られない。

「信長は未だ健在、か」

戦場において、総大将の死がもたらす影響は計り知れない。

それが信長ほどのワンマンかつカリスマならなおさらだ。

実際、本能寺の変後、信長の訃報を聞いた織田家の混乱ぶりは凄まじかった。

上杉家を攻めていた柴田勝家は魚津城を陥落させていたものの、訃報を知るや即座に全軍撤退した。

これはまだマシな部類で、織田信孝と丹羽長秀率いる四国方面軍は近畿で最も明智光秀を討てる位置にいたにもかかわらず、信長の訃報が届くや散り散りとなりまともに身動きとれない有様。

関東方面軍を任されていた滝川一益に至っては、上野国で北条家に大敗、その後、甲斐国と信濃国でも反乱が勃発、ことごとく領地を失っている。

中国大返しから、明智光秀を果たした羽柴秀吉にしたところで、敵対していた毛利家中には、停戦など受け入れず背後から追撃すべし！　という意見も多かったとされる。

もしそうなっていれば、秀吉は挟撃されることとなり、大敗を喫して歴史が大きく変わっていた可能性も高い。

本能寺の変の衝撃はそれほどまでに大きかったのだ。

勇斗が現代に強制帰還させられ戦死の偽報を流された時も、《狼》は全軍総崩れとなり、あわやギムレー陥落という瀬戸際まで一気に追い込まれてしまったものだ。

勇斗にもしもの事があった時の指揮系統はきちんと確立しておいたにもかかわらず、である。

それらの事例から考えれば、今の《炎》軍はまだ統制がしっかり取れている。

おそらくヴァラスキャールヴ宮殿崩落やその後の火計によるものであろう、多少の動揺は見られるのだが、指揮系統が乱れている様子はなく、脱走する兵もいない。

これはもはや信長が、勇斗の渾身の策を切り抜け生き延びているとしか説明がつかなかった。

「これが時代の覇者の天運ってやつか。マジで殺せる気がしねえ」

勇斗の口から乾いた笑みとともに、思わず弱音がこぼれる。

勇斗は基本的にオカルトなどと言うものを信じない。

むしろ徹底的に運などという偶然要素を排除した、勝つべくして勝つ戦略・戦術を執る。

それは信長とて同様ではある。

だがしかし、時として予想を超えるあり得ぬ事態が発生するのが戦場だ。

史書を紐解けば、信長は死んでいてもおかしくなかった事が、勇斗が知るだけでも片手では数え切れないほどにあった。

それら全てを切り抜け、彼は今、《炎》の宗主となっている。

その悪運・天運の強さはもはや理屈では説明がつかず、それこそ神がかっているとしかいいようがない。

正直な心境を言えば、こんなんどうしろ、というところである。

とは言え、それでもなんとかしないといけないのが、総大将たる勇斗の責務だった。

「クリス」

いてもたってもいられず、勇斗はトランシーバーで『風の妖精団』の団長の名を呼ぶ。

『はい、何か？　お父様』

間髪入れずに、感情に乏しい淡々とした声が返ってくる。

だが今は、この冷静な声が何より有難い。

「リネーアたちはまだか？」

『まだ確認できません』

「そうか」

わかり切っていた回答ではある。

クリスティーナは若年ながらも、権謀術数の達人である《爪》の宗主ボドヴィッドの実子であり、その才と手法と人脈を受け継いでいる。

当然、情報の優先順位がわかっていないはずがなく、リネーアたちの接近が確認出来次第、すぐに連絡してくるに決まっている。

つまり、彼女のほうから連絡がないということは、まだ来ていないということだ。

それでも不安と焦燥感から問わずにはいられなかったのだ。

『ふふっ、それにしても、先の北部での戦いの時と言い、なかなかしかし、危険な賭けをなさいますね、お父様』

「したくてしてるんじゃねえけどな」

皮肉めいたクリスティーナの言葉に、勇斗はぶすっとして返す。

彼女の言いたいことはすぐにわかった。

グラズヘイム周辺の《炎》の包囲がことのほか厳しく、勇斗は外部との連絡をほとんど取れずにいる。

シバ率いる《炎》の西部方面軍を撃退し、グラズヘイムに向かっているところまでは知っているが、その後のことはさっぱりである。

リネーアもまた、グラズヘイム内での詳細はまず掴んでいまい。

そんな彼女が、勇斗たちがこの抜け道の出口である森にいると特定し、駆けつけてきてくれるなど、正直、分の悪い賭けであると勇斗も思う。

北部での戦いのジークルーネ待ちと言い、入念な準備に準備を重ね、勝つべくして勝つ勇斗らしくはない。

そういう一か八かの勝負をしなければならないほどに追い詰められているのは確かだ。

とは言え――

「まあでも、来てくれるだろうってことは全然疑ってねえよ。早く来てくれ！　とは切実に思うけどな」

『確かにリネーアお姉様のお力は知ってますけど、さすがにこれは少々……ルーネお姉様のときより情報が少ないじゃないですか』

「それでも、あいつならなんとかするさ」

　リネーアの優秀さは、勇斗が一番よく知っているのだ。

　彼女の事務処理能力の高さは、この時代において卓越している。

《狼》時代、長く勇斗を補佐してくれたヨルゲンも、相当なものだったが、彼女のそれはさらにその数段上を行く。

　様々な情報から計算して、必ず正解を導き出せるはずだった。

『……あっ！　来ました！　北北西より《鋼》の旗！』

「やっぱり来てくれたか！」

　勇斗はぐっと拳を握り締める。

劣勢であることは否めないが、これでなんとか戦える。

「よし、早速動くぞ。全員、即座に地下から……」

『お、お待ちくださいお父様！　の、信長が……』

「っ!?」

敵の総大将の名に、いやが上にも緊張が疾る。

やはり生きていたか。

そして、こちらはまだ迎撃態勢が整っていないというのに、早速、次の一手を打ってきたか。

思わずゴクリと喉が鳴る。

『信長自ら、停戦の旗を掲げております！』

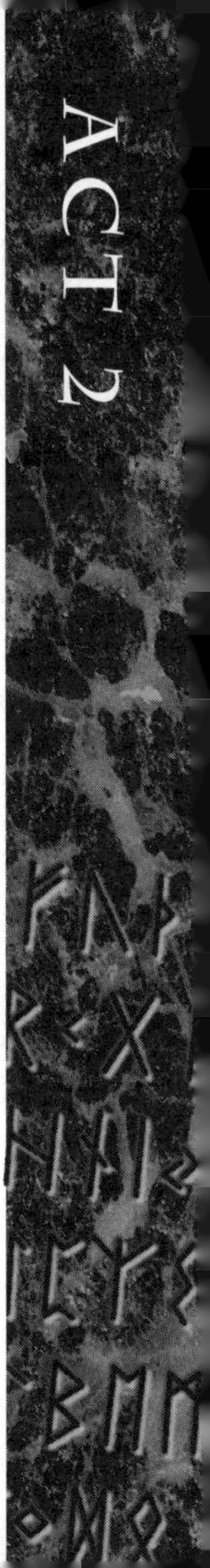

ACT 2

「停戦……だと……っ!?」

一瞬、勇斗は何を言われたのかわからなかった。

我が耳を疑いすらしたほどである。

だが、数度頭の中で反芻しても、聞こえた言葉の意味は取り違えようもなかった。

『はい、現在、信長はグラズヘイムの西門付近にて、停戦の旗を掲げ、わずかな供とともに闊歩しております』

「マジか……」

呻くように、勇斗はつぶやく。

用心深い信長らしからぬ行為である。

『十中八九、罠かと』

クリスティーナの言葉は実にもっともであった。

真っ先に勇斗の脳裏に思い浮かんだのは、楚漢戦争の項羽と劉邦の戦いである。

劉邦率いる漢と項羽率いる楚は膠着状態となり停戦を結んだが、劉邦はその条約を即座に破り、引き返す楚の背後から卑怯にも襲い掛かり、中華の覇権を獲った。

それと同様、こちらを油断させて誘い出す策かとも思ったが、

「いや、おそらく違うな」

勇斗はかぶりを振る。

確かに信長は慎重居士でありながら、いざという時には危険をいとわぬ果断な行動に出る漢である。

だが――

「俺を誘い出すより、再び狙撃される危険性のほうが高い。それがわからない信長じゃあない」

おそらくでしかないが、すでにフヴェズルングやハウグスポリによる狙撃後である。

それで警戒しない信長では決してない。

「それにそもそも、今彼に自らを囮にしてまで俺を誘い出す必要がない」

『……ふむ』

少し考えた後、クリスティーナも違和感に気づいたようだった。

実際の人的被害はともかく、戦局だけを見れば《炎》がヴァラスキャールヴ宮殿を陥落

させ、神都から《鋼》勢を一掃し、手中に収めた。

結果だけを見れば、《炎》の大勝利である。

ユグドラシルの覇権はもはや信長のものであることは疑いようはない。

確かに、後の禍根を絶つために勇斗を捕らえるというのは重要案件ではあるが、自らを危険に晒し、騙し討ちをしてまでのことではない。

そこまで必死にとなると、それだけ勇斗に怯えていたということであり、天下の笑いものとなる。

プライドの高い信長がそれを是とするとは思えず、またそんなことをして信長の威光が低下すれば、後の国家運営にとって極めてマイナス、本末転倒もいいところだ。

「逆に言えばつまり、それだけの危険を冒してでも、ここで停戦したい理由が信長にはあるってことだな」

『なるほど。それはいったい……？』

「さあな、さすがにそこまではわからねえよ」

お手上げとばかりに勇斗は肩をすくめる。

それぐらい彼にとっても、青天の霹靂であったのだ。

実は信長が崩落や狙撃で重傷を負い、撤退するつもりとか？

それで追撃を避けるために？

いや、それだったらやはり信長が闊歩するとは思えない。

そもそも、ここまでして奪い取った神都からみすみす引き上げる意味もない。

『それで、どうしますか？』

「そうだな……」

勇斗はふっと嘆息するとともに、空を見上げる。

罠の可能性は、前述のように低い。

そして元々、勇斗はユグドラシルの覇権に興味はない。

ユグドラシル脱出までの間、放っておいてくれればそれでいい。

これ以上の被害も出したくはない。

あちらから停戦を申し込んできてくれるなら、渡りに船だった。

「停戦に応じよう」

それ以外の選択肢はなかった。

ヒュンッ！　ザッ！

どこからともなく放たれた矢が、地面に突き刺さる。

「なにやつ⁉」

「大殿、お下がりください、やはり危険です！」

護衛の母衣衆たちが、殺気立ち周囲を警戒する。

信長は呆れたように苦笑をこぼし、ひらひらと手を振る。

「落ち着け、矢文じゃ」

信長が指さした矢には、紙が結びつけられていた。

母衣衆の一人が矢を拾い、紙を解いて信長に差し出す。

そこには一言、「停戦に応じる」とだけ記されていた。

「ふん、まあ、ここまでは想定内じゃな」

勇斗の目的が、あくまで《炎》軍の足止めであり、時間稼ぎであることなど、とうに見抜いている。

停戦の申し出は喉から手が出るほど欲しかったはずだ。

問題はここからである。

「ホムラ」

信長は、自分をかばうように前に立つ愛娘に声をかける。

も、反応がない。

周囲への警戒に完全に集中しきっているらしく、まったく耳に届いていないようだった。

ふーっと全身の毛を逆立てる様は山猫を彷彿とさせる。

「やれやれ」

がしがしっと信長は頭を掻きむしる。

「おい、ホムラ！」

「っ！　ひゃいっ！」

気持ち強めに声をかけると、驚きテンパった声が返ってくる。

「そんなに固くなっておっては、いざという時に対応できんぞ」

「ううっ、はい」

自覚はあるらしく、しゅんとした様子でホムラはうつむく。

信長としては、もう少し泰然自若としてほしいところではあった。

先程の矢に殺気がまるでなかったことぐらい、冷静であれば気が付けるはずである。

力だけは強いが、やはりまだまだ頼りない。

まだ一〇という年齢と、父親を撃たれたばかりということを考えれば、仕方のないことではあるのだが。

「先程、矢を放ってきた者の位置は、わかるか？」

「え？　うん、あっち。だいたい六〇〇歩ぐらい、かな。かなり気配を消すのがうまい。ホムラも意識してないとすぐ見失いそう」

「ほう」

信長は思わず目を瞠る。

ホムラのエインヘリアルとしての能力の一つに、生命反応を感じ取れる、というものがある。

その精度はかなり凄まじいものがあり、《鋼》が用いた自爆特攻の撤退戦術を無効化できたのはひとえに彼女のおかげである。

その彼女をもってしても、見失いそうとは大したものと言うしかない。

「やはり敵もさるもの、じゃな」

「どうする？　正直、矢を放ってくるなんて殺してやりたいけど、でも、それはダメ、なんだよね？」

「うむ、駄目じゃ」

上目遣いに問うてくるホムラに、信長はきっぱりと言い切る。

ここでもしそんな事をしてしまえば、停戦はご破算となる。

それは是が非でも避けたいところであった。

「相手に当てるつもりはなかった。気にするでない」

「万が一ってことがある」

信長のとりなしに、ホムラは唇を尖らせぶーたれる。

先程の狙撃が、相当のトラウマになっているらしい。

「くくっ、その時はおぬしが守ってくれればよいだろう。今のおぬしならば、それぐらい容易かろう？」

「っ！　うん！　任せて！」

信長の言葉にすっかり機嫌をよくして、自信満々に胸を叩く。

このあたりはやはりまだまだ子供である。

そしてそんな姿を、とても愛おしくも思う。

その未来を守りたい、とも。

「ミッツ！」

「はっ！」

信長が名を呼ぶと、供の一人であった若者が返事とともに前に進み出る。

筋骨隆々な身体つきではあるが、その中でも特に右腕の筋肉の盛り上がりが異彩を放つ。

それもそのはず、彼は《炎》でも一番の強弓の使い手であり、まさにその右腕は彼の修練のほどを如実に物語っていた。

「手筈通りじゃ。あの方角に六〇〇歩、いけるな？」

「余裕です」

ミッツは力強くうなずく。

この時代の成人の六〇〇歩は、現代で言うところのだいたい四二〇メートルあたり。

《炎》軍が採用している和弓は有効射程二〇〇メートル、最長飛距離でおおよそ四〇〇メートル。

それを重さ的にも空気抵抗的にも不利のある矢文で超えるというのは、なかなかに至難の業のはずであるが、あっさり返すあたりがさすがである。

「はっ！」

気合の声とともに、ミッツが矢文を放つ。

停戦に応じるであろうことは読めており、すでに文面はしたためてある。

内容は、

『総大将同士、腹を割っての和平会談を行いたい』

というものだ。

明らかに罠っぽく、受けてもらえる可能性は低い。

だが、もう信長には時間がない。

ここに一縷の希望を見出すしかないのだ。


「総大将同士、腹を割っての話、か」

クリスティーナから告げられた言葉を、勇斗は繰り返す。

つい先程まで、切った張ったの命の取り合いをしていたのだ。

その和平交渉を、書簡や使者を介してではなく大将同士が向き合って、というのはなかなかに異例である。

負けた側の大将が、兵士たちの助命嘆願にというのならまだ話はわかるが、勝っている側がというのは聞いたことがない。

「まあ、あちら側からすれば、奇策でさんざん振り回されてるんだ。まだこっちに余力があると思われていてもおかしくはないが……」

唇に手を当てつつ、勇斗は思案する。

おかしくはないが、やはり疑念は残る。

多少、何度かしてやられたからといって、弱気になる信長ではない。
むしろ意地でもねじ伏せにくるような男だ。
「お兄様、さすがにこれは危険すぎます」
フェリシアが心配そうに忠言してくる。
彼女の言いたいこともわからないではない。
正直、怖くないと言えばウソになる。
このまま戦場を離脱すれば、無事に美月や、子供たちに会える可能性は高い。
「いや、行こう。クリス、あっちに会談に応じると伝えてくれ」
それでも、勇斗は危険を承知で相手の申し出を了承する。
死にたくは、ない。
それこそ是が非でも死にたくない。
しかしそれは、今回の戦いで散っていった勇士たちとて一緒だったはずだ。
そんな彼らに戦えと命じたのは、他ならぬ勇斗自身である。
今さら自分だけ助かりたいと、責任を放棄するわけにはいかなかった。
一人でも多くの命を生かす。
それが総大将たる勇斗の務めなのだから。

『わかりました』

トランシーバーからは淡々とした声ではあったが、小さな嘆息が漏れ聞こえてきた。

あまり表情や声には出さないクリスティーナではあるが、もう四年の付き合いになる。

彼女なりになんだかんだ心配はしてくれているのだろう。

「こういう時のお兄様が、てこでも動かないことは重々、それはもう嫌と言うほど重々承知しております」

「ひでえ言われようだ」

フェリシアの言葉に勇斗は思わず苦笑する。

が、頑固な自覚はさすがにあるので反論の余地がない。

「いつも心労をかけて悪いな」

「もう慣れました。当然、わたくしも付いていきますよ。お兄様をお守りするのがわたくしの仕事なのですから」

「えっ⁉　いや、しかしお前……」

思わず勇斗はフェリシアの腹部に目を向ける。

すらりとくびれた素晴らしいウエストである。

まだまだまったくそうは見えないが、彼女の話によれば、そこには勇斗の子がいるという。

信長の性格的に、天下への面目もあるから、おそらく生還できるであろうという目算があるにはあるが、それも絶対ではない。

事実、信長は若かりし頃、謀反を企んでいた弟の信行を、病気を装って誘い出し、暗殺している。

その時とは状況がまるで違うといっても、一度はそういうことをしている人間を全面的に信用するというのはなかなか難しい。

情に篤い信長が、何人もの宿将を討ち取った自分を、恨んでいないはずもない。

そんなところに我が子を宿した女を連れていくわけにはいなかった。

「わたくしは美月お姉様にお兄様を必ず生きて連れて帰ると約束しております。それを違えるわけには参りません！」

勇斗の目を見据えるその目には、強い意志の光が宿る。

こういう時、てこでも動かないのは彼女も同様である。

とは言え、やはり連れていくのには勇斗も抵抗が大きい。

さてどうしたものかと思案していると、

「わたしが随行する。それなら問題なかろう？」

背後から凛とした声が響く。

振り返ると、ざんばらな銀色の髪が揺れる。

「ルーネ！　もう大丈夫なのか!?」

「ええ、御前で醜態を晒し、面目の次第もございません」

沈痛そうに眉をひそめながら、ジークルーネは頭を下げる。

激戦に次ぐ激戦の疲労もあり、ホムラとの戦いの後、さすがに体力の限界を超えたのかそのまま気を失ってしまったのだ。

「ですが、いくらか休息を取らせていただいたことでかなり回復しました」

いつも通り淡々とした口調ではあったが、勇斗の目は誤魔化せない。

その膝が、かすかに震えている。

すでに今日二度、彼女は『神速の境地』に入っている。

一度ですら使用後は、身動きとれぬほどの酷い筋肉痛に苛まれる奥の手である。

数時間休んだ程度で回復するようなものではない。

「ふ～ん？」

そして、それはフェリシアにもお見通しのようだった。

すっと間合いを詰めてジークルーネの右腕を掴んで引っ張り、もう片方の手で左肩も押して体勢を崩す。

　そのまま足を刈って、柔道で言うところの大外刈りの要領で地面に鮮やかに押し倒す。

「この様で？」

　ジークルーネを見下ろしつつ、フェリシアは冷たく言う。

「くっ」

　ジークルーネが悔しそうに、唇をゆがめる。

　普段の彼女であれば、いくら不意打ちだったとはいえ、利き腕を取られるなどというミスはまず犯さない。

　よしんば取られたところで、地面にひっくり返されていたのはフェリシアだったはずだ。

　それほどの力量差が二人の間にはある。

　にもかかわらず、地面に倒されているのはジークルーネのほうなのである。

　倒されても、即座に起き上っても来ない。

　いや、来られない。

　それがジークルーネの現状なのだ。

「お前に殺気があれば、なんとかしたさ」

　倒されたまま、それでも気丈に強気にジークルーネは言う。

いざともなれば『神速の境地』を使う、ということだろう。

「だめだ、ルーネ。お前は連れていけない」

さすがにそれは許可できず、勇斗はきっぱりと言い切る。

確かに限界を超えた力を無理やり引き出すあの業を使えば、今のジークルーネでも戦えるかもしれない。

だが、三度目ともなれば、肉体への影響が気がかりすぎた。

「っ⁉　しかし……っ！」

「現時点でも右手が不自由になっている。ここで無理をすれば、最悪、歩けなくなる可能性さえあるぞ。さすがにこれ以上無理をさせられねえよ」

「わたしは父上の剣であり盾です。父上を守れるのなら、ここで手足が折れ砕けようとも、わたしは本望です」

「却下だ。これは命令だ。お前はここで休んでいろ」

「ですがっ！」

「だめと言ったらだめ」

「〰っ！」

食い下がるジークルーネを、勇斗は頑として拒否する。

元々、忠犬気質で、勇斗が白と言えば黒でも白というところのある彼女である。

ここまできっぱり言われると、さすがにそれに逆らえないようだった。

「……はぁ。わかりました。しかし、フェリシア。お前が付いていくのにはわたしも断固として反対だ。お前、父上の子を宿しているのだろう？」

「……よく気付いたわね」

「体形や体臭が違う。それぐらいすぐにピンとくるさ」

「そう。でも、大丈夫よ。まだ身体を動かすのには何の不便もない。少なくとも今の貴女よりは使えますわ」

「それで万が一のことがあったらどうする!?」

「そんなもしもの話より、今はお兄様の安全でしょう!?」

声を荒らげて、二人は睨み合う。

普段から丁々発止でやり合っている二人であるが、いつもとは空気が違う。

状況が切迫しているせいもあるが、お互いヒートアップしすぎている。

「おい、ふた……」

「ふふっ、だーれかお忘れではないですかね、お二人さん！」

勇斗が止めに入ろうとしたその時だった。

自信満々な声が響き渡る。

振り返るとそこにいたのは、赤毛のおさげの少女である。

「ヒルデガルド！」

「はっ！」

勇斗が名を呼ぶと、きびきびとした声を返してくる。

ジークルーネの妹分で、彼女の愛弟子である。

元々、《狼をまとうもの》のエインヘリアルで才能豊かな少女であったが、最近は特に成長著しく、今回の戦いでは《炎》五剣の一人リューサイを討ち取り、ピンチに陥っていたジークルーネを間一髪で救い窮地から見事に脱出、果ては双紋のエインヘリアルのホムラと互角の死闘を演じ値千金の時間を稼ぐなど、八面六臂の大活躍ぶりだった。

「そうだな。お前がいたか」

うんと納得したように、勇斗は頷く。

考えてみれば、戦闘能力的にも、狼並みの聴覚・嗅覚を持つ危機察知能力的にも極めて適任である。

正直どうして今まで思考に上らなかったのか不思議なぐらいだったが、

「はいっ！　このヒルデガルドにお任せあれ！」

その自信満々に胸を叩く姿が、なぜかどうも頼りなく見えてどこか納得してしまう。

逐一言動から小物臭が漂うのだ。

「だいたいルーネ、貴女はいつもいつも……」

「そういうお前こそだな！」

「って全然聞いてないっ⁉」

そして当のジークルーネとフェリシアと言えば、ヒルデガルドを無視して言い合いを繰り広げている。

完全に二人とも、彼女のことなど眼中にない感じである。

つくづくなんというか……

ヒルデガルドという少女は、そういう星の下に生まれた娘のようだった。


「くれぐれもお気をつけくださいませ」

「大丈夫さ。こちらの要望は全て通ったしな」

心配するフェリシアに、勇斗は肩をすくめて笑って返す。

あれから会談の準備はとんとん拍子で進んだ。

場所は《炎(ほのお)》軍からきっちり離(はな)れた場所を指定でき、また供の人数も制限できている。

ホムラの同行の拒否も、すんなり受け入れてくれた。

ここまでほいほいこちらに都合の良い要求が通ると、逆に不気味なぐらいである。

「貴様しかいないとはいえ、心配だ……」

隣(となり)では、ジークルーネがヒルデガルドの前で重々しく嘆息していた。

なんとなく、小学校入学時、一人で学校まで行けるのだろうかと母親に心配された時のことを思い出す勇斗である。

まさしくそんな感じであった。

「ちょっと、ルー姉！　もっと気持ちよく送り出してくれませんかね⁉」

ヒルデガルドが不満そうに唇を尖らせる。

先程、まったく眼中にない扱(あつか)いをされたことを根に持っているのかもしれない。

「もうあたしは昔のあたしではないんすよ！　ルー姉も知ってるでしょ⁉　《炎(ほのお)》五剣の一人も討(う)ち取ったんです。そろそろ一人前と認めてくれませんかねぇ⁉」

「強さだけなら認めている。むしろ誰(だれ)よりも認めているぞ。《獣(けもの)》を解放したお前が相手では、万全(ばんぜん)のわたしでも勝てるかどうか」

「お、おお⁉　そ、そこまで！」

れない。

途端、ヒルデガルドがそわそわしだす。

尻尾がバタバタと大きく揺れているのが見えるようだった。

このあたり、昔のジークルーネをほうふつとさせ、こっそり勇斗は吹き出さずにはいら
「ほら、そういうところだ。お前はすぐそうやって調子に乗る」

「なっ！　だ、騙したっすか⁉」

「別に嘘は言っていない。お前は強い。十分な。耳や鼻も、今回の任務に向いている。た
だ、そのすぐ調子に乗ってポカるところがどうもなぁ」

む～っとジークルーネは眉間にしわを寄せる。

やはり言っていることが母親そのものである。

親である勇斗の安全にもかかわる事案であり、心配なのはわかるが、当然、ヒルデガル
ドにしてみれば納得いくはずもない。

さらに不満そうに、ほっぺたをぷく～っと膨らませている。

「いつまでも昔のあたしではないんですっ！　もう少し信用してくださいよ！」

「ふう……まあ、そうだな。とにかく！　くれぐれも！　調子に乗るなよ？」

「むしろ逆効果っすよ？　昔のあたしだったらむしろムキになって冷静さを失ってました

ね」

「む、そうか？」

「ええ、そうです。ま、今は余裕もできたんで、受け流せますけどね」

しょうがないなぁ、という感じでヒルデガルドは苦笑する。

確かに、どこか心の余裕を感じさせる肩の力の抜けた自然体な笑みである。

勇斗にも、覚えがあった。

何かを成し遂げることで、確固とした自信が心に根を張り、自分を支える柱になった経験が。

勇斗にとってはそれが、鉄の精錬だった。

ヒルデガルドにとってはおそらく、リューサイを討ち取ったことがそうなったのだろう。

特に彼女はこれまで幾度となく、好機を逸して手柄を挙げられずにいた事もあり、功名心にかなり焦っていたところがある。

それが解消され、この落ち着きを生んだのかもしれない。

「ふむ」

それはジークルーネも感じ取ったようだった。

表情が変わり、

「っ！」

ジークルーネの身体から強烈な殺気が噴き出す。

すでに満身創痍とは言え、当代一の戦士の放つ殺気である。

その鋭さ、冷たさ、重さに、勇斗は思わずごくりと唾を呑み込む。

並みの兵士なら腰を抜かしていてもおかしくはない。

それほどのものだった。

傍で見ていてさえこれなのだ。

対面でまともに受けたヒルデガルドのプレッシャーはその比ではなかったに違いない。

「合格っスか？」

しかし、ヒルデガルドは涼しい顔で返す。

彼女も一廉の戦士である。

今の殺気を感じていないはずはない。

だが、即座にジークルーネが本気でないことを悟り、意志の力で反射を抑え込んだのだ。

まさしく、心の余裕の為せる業であろう。

これまでのヒルデガルドであれば、おそらく慌てた様子で飛び退いていたに違いない。

「ふん」

ジークルーネはつまらなげに鼻を鳴らす。

だが、その後にお説教が続かなかったことは、暗に認めたということである。

それがわかったのだろう、ヒルデガルドもニッと嬉し気に笑う。

この辺りの阿吽の呼吸には、深い師弟愛を感じさせた。

おそらく、口にすれば当人たちは強く否定するのだろうが。

「よし、んじゃ行くぞ、ヒルデガルド」

別れが済んだのを見計らって、勇斗は声をかける。

師弟のやりとりに多少なごみはしたが、思考を切り替える。

長かった《炎》との、信長との戦いもいよいよ終局が近づいていた。


「ようやくきおったか」

信長は現れた黒髪の少年を見てニヤリと笑う。

一年と少し前に会った時より多少背は伸びたか。

だが、なにより変わったのはその顔つきである。

「お久しぶりです」

「おう、久しぶりじゃな。老人をあまり待たせるものではないわ」

「そっちが早すぎるんですよ」

勇斗が軽く肩をすくめる。

当然、こちらへの警戒は伝わってくるが、前ほどの緊張（きんちょう）は感じない。

あの時——信長と勇斗が初めて顔を合わせたシトークの会見の時も、若造とは思えぬ覇（は）気（き）に満ちたなかなかいい貌（かお）をしていたが、一方で硬（かた）く強張（こわば）った気配があった。

だが今の彼は、疲労による憔悴（しょうすい）こそ見られたが、その瞳（ひとみ）に強い意志を湛（たた）えながらも、どこかしなやかさがある。

一目見ただけで、彼のこの一年の成長ぶりが、はっきりと見て取れた。

事実、明らかに強くなっている。

この信長を相手どり、三倍の兵力差でここまでの奮闘（ふんとう）ぶりを見せるほどに。

まったく頼（たの）もしい限りであった。

「ふん、とりあえずは座（すわ）ろうか」

言って、信長は四阿（あずまや）の中へと入り、用意されていた椅子（いす）にどかりと腰かける。

ここは勇斗に指定された、数代前の狩（か）りが好きだった神帝（テイウダンス）がグラズヘイム近郊（きんこう）に建てた休憩所（きゅうけいしょ）である。

小高い丘の上にあり、木々もなく、辺りを一望できる。

伏兵や、軍の接近はお互い簡単に気づけるというわけだ。

「ええ」

勇斗も頷き、信長の対面に座る。

護衛の面々は、お互い外に待機である。

今さら凡俗を交えたところで、煩わしいのみ。

天下を競い合った者同士、一対一で話をしたかった。

「さて、まず停戦に応じてくれたことを感謝する。まあ、あのままやっても、儂らの勝ちじゃったがな」

ニッと口の端を歪め、牽制の一撃を放つ。

この場に引きずり出すまでは唯々諾々と相手の言い分を呑んでいたが、もう何の遠慮もいらない。

言いたいことを言うのみである。

勝ったのは儂。

そこは譲れなかった。

「御冗談を。こっちだって余力はまだまだ残してますよ」

勇斗も秘策はあるとばかりに含み笑いで応じる。

「ほう？　すでに貴様ら《鋼》軍の大半は、散り散りに潰走したようじゃがな？」

「それが罠だったことは、もう先刻ご承知でしょう？」

「ふん」

つまらなげに、信長は頬杖をつく。

確かに、あの策には完全にハメられた。

あの潰走は、間違いなく本物だった。

それがゆえに、見抜けなかった。

おかげでまんまと本殿に誘い込まれ、瓦礫の下敷きとなり、ホムラがいなければあわやというところまで追いつめられたのは確かである。

だが――

「まだ我らには五万以上の精鋭が残っておる。そちらはもはやせいぜい数千といったところであろう？」

「そうとも限りませんよ？」

「西の別動隊か。だが、それもたかだか一万かそこらであろう？」

「ええ、しかし、三倍程度ならなんとでもなります」

「ぬかしよるわ」

ちっと信長は舌打ちとともに、苦笑いを浮かべる。

その言葉がはったりでないことは、すでに今回の戦で証明されている。

《炎》軍一〇万を相手に、《鋼》軍三万は終始優位に立ち回り、こちらを翻弄し続けた。

戦局だけを見れば、《炎》はヴァラスキャールヴ宮殿までを陥落させ、ほぼ勝利を確定させているが、死傷者の数だけを見れば、《鋼》の一〇倍以上に上るだろう。

戦術指揮だけを見れば、いかに籠城戦が防御側に有利とは言え、これはもう信長の大敗と言えた。

戦略的に見ても、勇斗は元よりグラズヘイム防衛に固執しておらず、あくまで彼の目的は《炎》軍に大打撃を与え、ヨトゥンヘイムへの進軍を阻止することだ。

それも達成されていると言っていい。

実に半数の兵を失い、信長自身も重症を負い、これ以上進軍する余力はもはや《炎》にはない。

彼はまんまと戦略目標を達成してのけたのだ。

この織田信長を相手に。

これはもう認めざるを得なかった。

「……儂には天下布武の為、徹底的に戦いを避けた男がおった」

すいっと外の景色に目を向けつつ、信長は過去を懐かしむように告げる。

勇斗も心得たように頷き、

「武田信玄、ですね」

「うむ。国力差だけなら数倍、戦って負ける気はしなかったが、やればこちらもただではすまん。他につけ込まれる隙を生みかねん。だから徹底して機嫌を取り続けた」

姪を養女にして信玄の息子の勝頼に嫁がせ、また、信長も自身の息子信忠の正妻に信玄の五女を娶らせるなど姻戚関係を強化し、また度々贈り物も届け、その品質にも細心の注意を払い続けた。

信玄が試しに贈答物の付属品に過ぎなかった漆器を削ってみたところ、二重三重に漆が塗られた極上品であり、信長の誠意は本物である、と認めたなどというエピソードもある。

神をも恐れぬ傲岸不遜な人物と後世の人間に語られがちな信長であるが、目的のために必要とあらば頭を下げ、平身低頭へりくだる臥薪嘗胆な柔軟さも持ち合わせているのだ。

力一辺倒で獲れるほど天下は甘いものではない。

この硬軟織り交ぜるしたたかさもまた、信長の真骨頂であった。

「誇るがいい、周防勇斗。貴様がこの世で二人目じゃ。儂に二度と敵には回したくないと思わせしめたのはな」

信長はふんっとつまらなげに笑う。

すでにグラズヘイムと言う難攻不落の城塞もなく、間違ってもこちらが負けるとは思わない。

が、それでもやり合えば相当の損害が出る。

間違いなく。

そう思わせるだけの戦果を、この少年は確かに叩き出していた。

まったくもって小憎たらしく、そしてなにより頼もしいとも思う。

「だからこそ、おぬししか見当たらぬ。ホムラを、娘を任せるに足る漢、はな」


「どういう、ことでしょう?」

勇斗は訝し気に眉をひそめつつ、慎重に問う。

正直なところ、寝耳に水もいいところであった。

確かにシトークの会談の時、提示されはした。

しかし、その時とは状況も条件も全く違う。

「どうもこうもない。言葉通りじゃ。古来、同盟を結ぶ際、姻戚関係を結ぶのはごく当たり前のことであろう？」

ニヤリと信長は悪戯っぽく口の端を吊り上げる。

明らかに、勇斗が何に疑問を抱いたのかわかって返している。

信長の言う通り、同盟を結ぶにあたり、婚姻を結び親族となって関係を強化するのは古今東西どこにでもあることではある。

が、それはホムラがルーンを持たないただの少女であったならば、の話だ。

「同盟の質程度に使っていいような、安い存在とは思えませんが？」

ホムラは《炎》最強、いや、今やユグドラシル最強の武力を誇ると言っても過言ではない双紋のエインヘリアルである。

その恐ろしさは、今回の戦いでまさに身をもって思い知ってもいる。

味方を鼓舞する影響も加味すれば、数万の兵にも匹敵するまさに《炎》の切り札とも言うべき存在だ。

それを手放す理由など、皆目見当がつかない。

勇斗の暗殺？　そんな七面倒くさい手順を踏む必要はあるまい。

《鋼》の内部からの乗っ取り？　それも今、この有利な状況なら武力でねじ伏せればいいだけの話だ。

まったく信長の真意が読めなかった。

「ふん、事ここに至って化かし合いをしても仕方あるまい。見よ」

信長が上着を掴み、バッと勢いよくはだける。

腹部にさらしが巻かれていたことには気づいていたが、改めて見るとかなり厳重であり痛々しかった。

「ここに風穴を開けられたわ。あの仮面の男にな」

「仮面……ルングの兄弟か。そうか」

思わずほっと勇斗は安堵の吐息をこぼす。

かなり前からトランシーバーでの連絡が取れず、心配していたのだ。

連絡が取れない中でも手筈通り、狙撃を敢行してくれていたらしい。

「なんとか死の淵から生還こそしたが、それでもまあ、もって一月といったところじゃろうな」

淡々と信長は言う。

その姿に、勇斗は若干の違和感を覚える。

あっさりと諦めてしまうのは、どんな苦境も持ち前のバイタリティで切り抜けてきた信長らしくなかった。

「随分と弱気ですね？」

「このぐらいの傷ならばなんとかしたがな。すでにこの身体は死病に冒されておる」

「っ!?」

勇斗は思わず目を瞠る。

確認するように、信長の顔をまじまじと見る。

精神をすり減らす激闘を終え憔悴しているだけかと思ったが、確かに前に見た時よりかなり顔色が悪かった。

その身体から放たれる覇気も少し気を抜けば押し潰されそうなほどに重く鋭いが、以前よりは軽く感じてもいた。

てっきり自分が成長したからだと思っていたのだが……。

「今はホムラの力でなんとか繋ぎ止めておるがな。それでも日に日に確実に悪くなっておる」

「…………」

「そこにこれじゃからな。自分でもわかる。なんとか意志の力で現世にしがみついてはおるが、そう長くは保たんじゃろう」

他人事のようにさばさばと信長は語る。

古今東西、権力者というものは、特に偉大な功績を残した者ほど不老長寿などに興味を抱くが、信長は一貫して「人間はいつか死ぬもの」という考えを持ち続けていたと言う。

このあたりの潔さは、実に彼らしくはあった。

「貴様は寵臣を何人も奪ったにっくき仇敵じゃ。残りわずかな命、その復讐に費やすのも一興ではあるが……」

ジロリと半眼で睨み据えられる。

瞬間、信長が身にまとう空気が一気に冷え、鋭さを増す。

離れたところにいた《鋼》陣営の者たちが揃って表情を強張らせるほどに。

だがそれも一瞬、すぐに殺気は雲散霧消する。

「先に言うたように、周りを見渡してみて、ホムラを任せられる者が貴様しかおらん。なんとも皮肉でしかないがな」

はぁぁぁっと信長はなんとも重々しく嘆息する。

彼としては極めて苦渋の決断ではあったのだろう。

「今、儂が死ねば、《炎》は間違いなく四分五裂するであろう。ホムラは戦場での戦いぶりは鬼神もかくやじゃが、まだ一〇の子供。権力にとりまく魑魅魍魎どもとやり合うにはあまりに幼い」

「……確かに」

本殿でのホムラとの戦いにおける言動を思い起こし、勇斗は頷く。

まだまだ稚気を残した子供といった感じであった。

その無邪気さが逆に勇斗たちにしてみれば恐ろしかったのだが、いざそんな彼女が海千山千の大人たちと腹の探り合いや化かし合いができるのかと言えば、まずもって不可能だろうと言うしかない。

彼女はまだからめ手や根回しというものがわかっていない。

そういう手練手管も政治には必要不可欠であり、その経験がどう考えても彼女には足りなすぎるのだ。

「我が《炎》の猛者どもは、野心にあふれた者が多いからな。この機を逃すとは思えん。下手をすれば、最も厄介な難敵であるホムラを一斉に潰しにかかりかねん」

信長の予測は、勇斗の目から見ても正鵠を射ていた。

これはもうユグドラシルでも行き過ぎた能力至上主義のツケと言える。

歴史を見ても、能力主義の極めて色濃い遊牧民族などは、強力なリーダーが現れた時は数多の部族が一気にまとまり一大勢力を形成するが、そのリーダーがいなくなるや瞬く間に離散してしまうのが常だった。

　勇斗がクリスティーナを使って調べた限り、《炎》の諸将たちはいわば餓狼の群れである。

　信長という絶対的なカリスマだからこそまとめあげられていたのであり、それ以外の者ではすぐに空中分解するのは目に見えていた。

「後見と見込んだランは今回の戦で逝き、サークは有能ではあるが、表裏比興の者じゃ。むしろ我先にと《炎》の乗っ取りにかかるであろう。それがユグドラシルの流儀でもあるしのう。じゃがそんな奴に娘は任せられん。自らの権力形成に利用され、用済みとなればこっそり排除されるのが落ちじゃろうな」

　信長は頬杖をつき、やれやれと嘆息する。

　前支配者の一族の取り扱いは、今の支配者には極めて厄介な問題である。

　極めて無能か、婚姻し取り込めるなら丁重に扱い、寛大さを誇示する道具とすればいいだけだが、ホムラは双紋という強大な力を持っている。

　とっとと抹殺しなければ、成長した暁には己が首を絞めることになりかねない。

　サークは五大軍団長の一角だ。それがわからぬほど無能では断じてあるまい。

「お守りとして付けておる《炎》五剣の二人は、頭の中まで筋肉じゃ。この手の手練手管には疎い。奴らではホムラは守り切れん。八方手づまりのところに、おぬしじゃ」

信長は勇斗の眼前に人差し指を突き付け、にぃっと笑う。

まさしく会心の策だと言わんばかりに。

「よりにもよって敵である俺、ですか」

「おうよ。まったく信玄の気持ちが嫌と言うほどわかるわい」

信長はくっとなんとも皮肉げに笑みをこぼす。

信玄が死の直前、後継ぎである勝頼に上杉謙信に頼るよう言い残したという逸話のことを言っているのだろう。

上杉謙信は、信玄にとっては川中島で五度に渡り死闘を演じた宿敵であり、悲願であった信濃攻略を進める上での目の上のたんこぶのような存在であった。

何人もの宿将が彼との戦いで命を落とし、その中には最愛の弟であり、頼みにしていた実弟信繁もいた。その死に、信玄も号泣したと伝わる。

にもかかわらず、信玄は息子にそんな仇敵である謙信を頼るよう遺言した。

確かに今の状況とよく似ていた。

「倒すべき敵だからこそ、貴様のことは調べに調べた。だからこそ、貴様のことはようわかっとる。貴様は底抜けに甘い阿呆じゃ」

「自覚はあります」

勇斗も苦笑(くしょう)交じりに応じる。

もっと非情に徹(てっ)するべきだとわかってはいるが、どうしてもなれない。

それがコンプレックスでさえある。

もっと冷徹(れいてつ)であれば損害を減らすことができたのではないか。

そう悔(く)やむこともしょっちゅうだった。

「儂からすれば貴様の甘さは百害あって一利なしにしか見えぬ。せっかくの天賦(てんぷ)の才を無駄(むだ)に使(つこ)うておる。それでは到底(とうてい)、この戦国乱世では生き残れぬ……はずなのじゃが、貴様は見事に勝ち続け、危機を何度も切り抜け、こうして儂の目の前に立っておる」

「俺一人じゃまず無理でしたよ。多くの仲間に恵(めぐ)まれたからです」

これは勇斗の嘘偽(うそいつわ)りのない本音であった。

確かに、スマートフォンから得られる現代の知識の恩恵(おんけい)は無視はできない。

それでも、フェリシアが無能だった頃(ころ)も世話をしてくれなければ、今頃(いまごろ)勇斗は野垂れ死にしていただろう。

先々代の《狼(おおかみ)》の宗主(パトリアーク)ファールバウティがいなければ、やはりロプトに斬(き)り捨(す)てられ今この世にはいまい。

今は亡(な)きスカーヴィスが権力の闇(やみ)の部分を引き受けてくれなければ、甘ちゃんの自分はきっと心を病んでいた。

名工イングリットがいなければ現代の知識も絵に描いた餅だし、ジークルーネという傑出した天才がいたからこそ、数多の戦いで勝利を得られた。

リネーアやヨルゲンといった実務に長けた政治家がいなければ、様々な政策を具体的なものにして実施することはまずできなかった。

ボドヴィッドやクリスティーナがもたらす情報にも、幾度となく危機を救ってもらった。

他にも数え切れないほどの人に助けられたからこそ、自分は今、ここに立っていられる。

心から勇斗は、そう思っていたのだ。

「で、あるか。そう言えるのが、貴様をここまで生き残らせた力、なのじゃろうな。王者の仁というやつか。唐の地なら漢の劉邦、蜀の劉備、日ノ本でも足利尊氏など、例がないわけではない。儂には縁のないものじゃが、な」

ふんっと信長はつまらなげに鼻を鳴らしてから、

「じゃが今回、儂が停戦を呼び掛けたのもまた、貴様のその気質がゆえじゃ。まったく皮肉な話よ。今、家臣の誰よりも信頼できるのが、最大の敵じゃった貴様とはなぁ」

少しだけ寂しげに笑う。

そっと虚空を見上げ、他の誰かを偲んでいるようだった。

信長にもいたのだろう。

心から信頼できる誰かが。

そしておそらくはもう、この世にいない誰かが。

「光栄、と言っていいのかどうか、なかなか判断に悩みますね」

勇斗は苦笑いとともに返す。

甘いからこそ信頼できるとか言われても、そう素直には受け取りにくいものがある。

「安心せい。心から褒めておるわ。とは言え、さすがにただでは娘はやれん。相応の対価は当然頂く」

「対価、ですか」

ゴクリと勇斗は唾を呑み込む。

ホムラの価値はこの戦いで天井知らずで跳ね上がっている。

その彼女に見合う対価となると、正直、想像がつかない。

「ふむ、そうじゃなぁ。アースガルズ、ビフレスト、アールヴヘイムの全てを我ら《炎》に割譲せよ」

「……へ？」

思わず勇斗の口から間の抜けた声が漏れる。

その要求のあまりの大きさに驚いた……と言うわけではない。

「それだけ、ですか？」

あまりにも拍子抜けし、思わず勇斗は問う。

信長はにまっと悪戯を成功させた子供のように破顔する。

とても死にかけとは思えぬ覇気に満ちたかくしゃくとした笑い方だった。

「だけ、とは心外じゃな。むしろこちらとしては法外すぎる要求を突き付けたつもりじゃがな？　貴様の持つ領土のほとんどを差し出せと言っておるのじゃぞ」

確かに、信長の言うように、領土としては極めて広大なものではあった。

だがしかし、それらは全てもう住民の移動により、すでに勇斗が放棄してしまった土地である。

ぶっちゃけ捨てたものを取られたところで、こちらとしてはまったく痛くも痒くもなかったのだ。

一方でしかし、勇斗もすぐに信長の意図することに気づく。

「戦果としてはこれ以上ない、ですね」

「そういうことじゃ」

我が意を得たり、とばかりに信長は頷く。

《炎》はこの戦いで数万という兵を失い、シバ、ヴァッサーファルをはじめ、多くの宿将も失っている。

それで国の宝とも言うべき双紋の姫まで差し出していては、完全に《炎》の敗北であり、到底納得できず不満を持つ者が続出するであろう。

だが、グラズヘイムを含む《鋼》の領土の大半を奪っていれば、全く話は変わってくる。

この大戦果の前には、誰もが口を揃えるに違いない。

この天下分け目の戦いの勝者は《炎》である、と。

ホムラを嫁がせることも、その子の代では《鋼》を併合し、平和裏に円滑に神帝の地位を得ようとする策と、大半の者は勝手に憶測するはずだ。

信長の裁定に多くの者が納得し、今回の講和に不満を覚える者はまず出てくるまい。

「で、回答やいかに？」

「……こちらも条件を一つ、いいでしょうか？」

交渉事でいくら条件がよく見えても、あっさり承諾するのは下策である。思わず飛びつきたくなる衝動を必死に抑え、勇斗は平静を装い問う。

「ほう？　なんじゃ？」

「恒久の和平条約を結びたく思います。貴方の次の宗主にまで効力のある」

ユグドラシルでは盃事が全てだ。

当代の盃は有効でも、次代となった瞬間、先代の盃を反故にされるなんてことはざらにある。

《狼》の先々代ファールバウティも、《爪》のボドヴィッドにそれでしてやられている。

先は長くない、と信長本人が言っているのだ。

ここだけは絶対に確認しておきたいところであった。

「くくっ、即座にそこに思い至れるか。まあ、それぐらいできねば逆に不安になったところよ」

信長は楽し気に笑う。

もしかしなくても、試されたのかもしれない。

婚姻を申し出て、友好ムードを作ってから罠を仕掛けてくるあたり、たちが悪い。

やはり一瞬たりとも気の抜けない相手であった。

「是非もなし。いいじゃろう。その条件、呑もう。きっちりその旨、明文化して双方に粘土板として残す。それでよいか？」

「はい。それで十分です」

「うむ。それでは婚姻成立じゃな？」

信長はスッと手を差し出してくる。

勇斗も頷き、その手を握る。

毎日弛まず刀を振って鍛錬していたのだろう、固くゴツゴツとした武人の手であった。


「これより、《鋼》と《炎》の講和条約の締結を行いたいと思います。この条約はこのユグドラシルの創造神にして最高神アウズゲルミル様の名の下、取り交わされます。まずはお二方、粘土板に書き記した条文をご確認ください」

神聖アースガルズ帝国神官長アレクシスの朗々とした声が響き渡る。

かつては神儀使として主にアールヴヘイム方面での盃事を取り仕切っており、その豊富な経験を買われ、白羽の矢が立ったのだ。

「お二方にお伺いします。何かご異存はございますか?」

「問題ない」

「こちらもじゃ」

勇斗も信長も、条文にさっと目を通し頷く。

内容は先の会談で話した通りのものである。

条文に漏れがあるわけでもなく、また覚えのないものが書き加えられてもいなかった。

「それではお二方、条約文へのご捺印(なついん)をお願いいたします」

アレクシスの言葉に促(うなが)され、勇斗は懐から二つの円筒状(えんとうじょう)の印を取り出す。

勇斗はその印の側面を粘土板に押(お)し当(あ)て、ころころっと転がしていく。

別にふざけているわけではない。

粘土板に、神聖アースガルズ帝国神帝(ティウダンス)の文字がくっきりと刻まれている。

現代日本であれば筒(つつ)の底に印影が彫(ほ)られているものだが、ユグドラシルでは印鑑(いんかん)の側面に印影が彫られているのだ。

次いで勇斗はもう一つの印を、先程(さきほど)の印の下に転がし、《鋼(はがね)》大宗主(レギンアーク)周防勇斗の名を押(おう)印(いん)する。

隣(となり)を見れば、信長はすでに押印を終えていた。

「ご捺印ありがとうございます。では失礼します」

言ってアレクシスは二つの粘土板を回収し、勇斗が押印したものを信長の前に、信長が押印したものを勇斗の前に差し出す。

「ご面倒(めんどう)かとは思いますが、今一度、条文を確認し、問題がなければご捺印をお願いいたします」

アレクシスの言葉に従い、勇斗は文面に再び目を通す。

取り交わす条約の文章が変わっていては問題である。

もっとも信長がそのような小細工をするとも思えないが、一応しっかり確認する。

先程とまったく一緒のものだった。

勇斗は同一の手順で、信長の印の下に自らの印を転がす。

それが終わるのを確認してから、

「天空におわします神々よ！　今ここに《鋼》、《炎》両国の講和条約が無事締結されました。ご照覧あれ！」

アレクシスが芝居がかった口調で大きく宣言する。

万感の思いが胸の奥底から込み上げてくる。

スカーヴィズやスィールをはじめ、多くの人間がこの戦いで命を散らしていった。

その傷は、おそらく生涯、癒えることはないのだろう。

あの時ああしていれば、そんな後悔にうなされる日も度々あるはずだ。

それでも――

彼らの死は、決して無駄ではなかった。

彼らがいたからこそ、ここにたどり着けた。

今ここに、《鋼(はがね)》と《炎(ほのお)》、ユグドラシルの趨勢(すうせい)を決める大戦が終結したのである。

ACT 3

「それではこちらをお持ちください。まだ乾燥(かんそう)しておりませんゆえ取り扱(あつか)いにはご注意くださいませ」

調印の済んだ粘土板を、アレクシスがそっと厳(おごそ)かな手つきで差し出してくる。

勇斗(ゆうと)は恐る恐る慎重に、青銅の器(うつわ)の部分に手を添(そ)えて受け取る。

やっとの想(おも)いでこぎつけた講和条約である。

下手に指で触(ふ)れてへこみなどを作っては目も当てられない。

「クリス」

「はっ」

名を呼ぶと、背後から声がする。

さすがは《風を打ち消すもの(ヴェズルフェルニル)》のエインヘリアルであり、諜報(ちょうほう)部隊『風の妖精団(ヴィンダールヴス)』の長である。

まったくそばにいることに気づかなかった。

「これを早急にフェリシアのところに届けてくれ」

言って、勇斗はさっさと粘土板を押し付ける。

講和が結ばれたとは言え、万が一には常に備えるべきである。

楚の項羽の二の舞いを演じるわけにはいかない。

この条約の証拠は、いざと言うときの切り札になり得るものだ。

一刻も早く安全な場所に遠ざけ保管しておきたかった。

その為には、気配を消す能力に長けるクリスティーナはまさにうってつけだった。

「必ず届けます」

頭のキレる少女である。

即座に自分に求められているものを悟ったのだろう、ふっとその場から姿が消え去る。

ちゃんと見ていたはずなのに、もうどこにいるのかわからない。

まったく頼もしい限りである。

「ほう、面妖じゃな。一瞬で姿をくらますとは。日ノ本の忍びにもこれほどの者はそうはおらなんだ。やはりいい部下を飼っておる」

隣では信長が感嘆の声を漏らしていた。

自慢の子分を褒められ、悪い気はしなかったが、

「飼ってはいませんよ。そんな扱いをしようものなら、後が怖い」

おどけたように、ぶるっと勇斗は身体を震わせてみせる。

半分は冗談だが、半分は掛け値なしの本音である。

あの少女はたとえ相手が親である勇斗であろうと、絶対に容赦しないだろうから。

「ふん、やはりわからんな、貴様のぬるさは。そんな様では下は弛み、ろくに働かんくなりそうなものなんじゃがな」

信長は不可解そうに眉をひそめたものである。

彼は家臣に絶えず恐怖を与え、追い立てることで一〇〇%、いや、一二〇%の力を発揮するよう仕向けるタイプのリーダーだ。

それが間違っているとは思わない。

人は怠ける生き物であり、尻に火がつかないと本気で頑張れないものだ。

だがそれは、一方で恨みを買うことも多い諸刃の剣でもあるのも確かだった。

「俺は相手に合わせて、手を変え品を変えますよ。さっきの子は自由に伸び伸びさせたほうがいい働きをするんです」

勇斗はニッと笑う。

信長は勇斗にとっては、宗主をするにあたり最もお手本にした君主である。

だが、全(すべ)てを真似(まね)するつもりはない。

信長のように、あそこまで傲慢(ごうまん)にも非情にもなれない。

ならば自分は自分のできる、自分に向いたやり方でやるしかないのだ。

「で、あるか。まあ、貴様の国じゃ。好きにすればよい」

ふっと信長は楽しげに微笑(びしょう)する。

戦い抜(ぬ)いた者だけに、わかることもある。

たとえ価値観は違っても、理解はできなくても、勇斗のやり方を認めているのだろう。

「じゃが、そのやり方がどこまで通じるかは見物(みもの)じゃな。本当に大変なのはこれからじゃぞ。右も左もわからぬ新天地で数十万の民を養う。なまなかなことではない」

「……そうですね」

信長の言葉を噛(か)み締(し)めるように、勇斗はうなずく。

一応、それなりの計画はすでに立ててある。

だが、計画なんてものは計画通りにはいかず、想定外なトラブルはほぼ確実に起きるものだ。

調査期間も準備期間も足りないのだからなおさらである。

相当の困難があることは、目に見えて明らかだった。

「まあ、でも、なんとかしますよ。俺が始めたことですし。とっておきの切り札もありますからね」

「で、あるか。貴様がそういうのならば、そうなのじゃろうな」

「ご忠告、感謝します」

「ふん、いらぬ世話であったわ。さて、儂もそろそろ戻るとするか。さすがにいい加減、身体がきついわい」

脇腹を押さえつつ、信長は言う。

その顔にはびっしりと汗が浮かんでいた。

よくよく考えれば、当然のことであった。

腹部に銃撃を受けた当日に、馬に乗って闊歩し、会談や調印式をこなすなど、普通は絶対に不可能である。

痛くないはずがない。

つらくないはずがない。

「おそらく貴様とはこれが今生の別れとなろう。敵ながら天晴であった。貴様があの世に来たら、また一戦交えようではないか」

それでもなお、信長は快活に、爽快に、不敵に、心底から楽しげに、笑ってのける。

とんでもない意志の力であり、やはり彼は日本史上屈指の傑物だったのだ。

バァンッ！　と背中が思いっきり叩かれる。

「せいぜい頑張れい」

激励とともに、信長は踵を返し、颯爽と歩き出す。

これが勇斗の見た信長の最後の姿であり、その泰然とした後ろ姿を、勇斗は生涯、忘れることはなかったという。


「お兄様！」

「父上！」

調印式を終え勇斗が自陣に戻るや、フェリシアとジークルーネがほっと安堵の表情で駆け寄ってくる。

すでにクリスティーナから無事、講和の調印が終わったと伝え聞いてはいるはずだが、それでも、勇斗の無事な姿を見るまで気が気でなかったのだろう。

「おう、ただいま！　この通りピンピン……」

勇斗もグッと拳を上げ、健在ぶりをアピールしようとして、

「してっ⁉」

突如、カクンと膝から力抜け身体をよろめかせる。

ふんばろうとするも足に力が入らずそのまま地面にダイブ――

「お兄様っ⁉」

「っ⁉」

――する直前に、二人にしっかりと受け止められる。

さすがエインヘリアル。

大した反応速度である。

「ははっ、わりぃわりぃ。つまずいちまった。ったくしまらねえなぁ。……あれ？」

おどけながら勇斗は立ち上がろうとして、しかし、二人の肩に乗せた手も、膝にもまるで力が入らない。

異変はすぐに二人も察知したようで、

「まさか……っ⁉　遅効性の毒っ⁉」

「おのれ、《炎》め、姑息なっ！」

「ああ、違う違う。単なる疲労だ。少し休めば治る」

殺気立つ二人を、勇斗は慌てて制止する。

この二人、普段はとても理性的なのに、勇斗のこととなると自制が利かず何をするかわからないところがある。

さすがに大丈夫だとは思うが、せっかく結べた講和条約がふいになっては目も当てられない。

「いろいろ終わって、気が抜けただけだ」

思わず苦笑がこぼれる。

考えてみれば、当然のことではあった。

勇斗は両肩に、何十万という民の命を背負っている。

その状態で、あの織田信長を相手に絶対に負けられない戦いを強いられてきた。

部下の前では強がり平静を装ってきたし、実際開き直ってもいたのだが、深層心理では相当のプレッシャーを感じていたのを今さらながらに自覚する。

二人の顔を見たことで、張りに張り詰めていた緊張の糸が切れ、溜まりに溜まっていた疲れが一気に押し寄せてきたのだ。

それでも、悪い気分ではない。

「……わりぃ、二人とも。ちょっとだけこのまま」

言って、勇斗は二人の身体をぎゅっと抱き締める。

二人の体温が、心地よかった。

この戦いで大勢の人間が亡くなった。

その中には勇斗が知る顔も無数にある。

まだそのことが、いまいちピンとこない。

案外ひょっこり明日になれば顔を見せてくれるのではないか。

そんな感覚さえある。

もちろん、そんなことはない。

頭ではわかっているのだが、どこか現実感がないのだ。

もしかしたら、今この瞬間が夢で、現実は他にあるのではないかと不安になる。

「二人とも、よく生き残ってくれた」

二人の体温が、鼓動が、少なくとも彼女たちは生きていてくれてると確かに伝えてくる。

とにかく今はそれを実感したかった。

「父上ーっ!」

遠くから少女らしい甲高い声が響いてくる。

聞き覚えがあり、そしてとても懐かしい声だった。

思わず振り返ると、色素の薄い赤毛のツインテールが揺れている。

「リネーア！」

大いに喜色の含んだ声で、勇斗は少女の名を呼ぶ。

最後に会ったのは《絹》征伐の前であり、三ヶ月ぶりの再会である。

絶えず書簡による連絡は密に行っていたとはいえ、やはり実際に自分の目で見るのとでは実感が違う。

「はあはあ、よくぞ！　よくぞご無事で！」

駆け寄ってくるや、息を切らしながら、嬉しそうにリネーアは言う。

「ああ、お互いにな。西からの侵攻をよく防ぎ切ってくれた」

身体を起こし、勇斗はリネーアの肩をぽんっと叩く。

まだ身体はだるく重いが、彼女の頑張りにこれぐらいは報いたかった。

なにより、やはり触れることでリネーアが生きていることを確かめたかったのだ。

「いえ、この《鋼》の命運がかかった大一番に遅参してしまいました。申し開きのしようもございません」

「いや、十分間に合ってくれたさ。なんとか凌げたのはお前らのおかげだ」

すぐそばまで来ていただけで、敵に与える脅威度が全然違うものだ。

しかもリネーア率いる西方軍一万は、《炎》随一の猛将シバと、知将クゥガの連合軍を打ち破っているのだ。

たはずだった。信長が講和に踏み切ったのは、援軍の戦力は侮りがたし、という点も間違いなくあったはずだった。

「ついさっき、信長と講和条約も結んだ。戦争は終わりだ」

「真にございますか!?」

ぱあっとリネーアの顔がますますほころぶ。

為政者としてはあり得ないほどに下々のことを想う心優しき彼女である。

戦いが終わり、兵士たちが死ぬことがないことに心から安堵したのだろう。

「これでノア計画に専念できますね。戦いではあまりお役に立てなかった分、頑張らないと！」

「はあはあ、姫様！　あまり走られては、ふうふう、お腹のややこに障りますぞ！」

リネーアがむんっと両拳を握って気合を入れていると、少し遅れて息も絶え絶えにラスムスが現れる。

エインヘリアルであり若い頃は武人として名を馳せた彼も、寄る年波には勝てないらしい。

「ああっ！　そうじゃないか！　そんな走ったら危ないぞ」

勇斗も慌てて注意する。

対《炎》のことで頭がいっぱいですっかり忘れていたが（それはそれで父親失格ではあると思ったが）、リネーアは妊婦なのだ。

「ふふっ、これぐらい大丈夫ですよ。美月お姉様からも、少しぐらい運動したほうがむしろいいとご助言をもらっております」

「それは歩いたり、身体を伸ばしたりに限ってだ。走るのは怖いから今後は絶対にやめてくれ。執務とかもヨルゲンとかに振って量を減らすように」

「父上もラスムスと同じようなことをおっしゃいますね」

「当然のことだからでございます」

「まったくだ」

むすっとした顔で言うラスムスに、勇斗も同意とばかりに頷く。

二一世紀の日本と違い、ユグドラシルの科学水準では、出産における母体の死亡率は実に二割近い。

勇斗の感覚では恐ろしいほどに高い確率だ。

健康に気を付け、少しでも生存率を上げたいところであった。

「二人とも心配しすぎですよ。至って健康そのものなんですから」

むんっと両拳を握り、リネーアは快活に笑う。

その顔は血色もよく、確かに元気そうで勇斗は内心ほっと安堵する。

「それはなによりです。フェリシアも懐妊したと言うし、今から、二人の御子を見るのが楽しみです」

ジークルーネが優しい眼差しでリネーアの腹部に目をやりながら言う。

出会った当時は表情がほとんど変わらず、とにかく鉄面皮の印象が強かった彼女であるが、最近はこういう優しい表情を見せることも増えてきた。

その変化が、勇斗には嬉しい。

「おお、フェリシア殿も!?　慶事が続きますなぁ。よきかなよきかな」

ラスムスが驚きながらも、うんうんと嬉しそうに頷く。

「ジークルーネ殿のほうはそろそろですかな?」

にこやかな笑顔で水を向ける。

「今のところはまだですね」

「むぅ、それはぜひとも頑張っていただかねば。陛下とジークルーネ殿の御子なれば、必ずや将来の《鋼》を支える素晴らしき武人となられるでしょう。やはり女たるもの、子孫を残すのが一番のお役目ですからな。陛下の尊き血はぜひとも多く残さねば」

どこからどう見ても二一世紀の日本では間違いなくセクハラ扱い待ったなしの言葉のオンパレードで、勇斗は内心ハラハラしたものだったが、

「そうですね、わたしとしてもそろそろ賜りたいなと思っております」

もっともジークルーネのほうは、そんな勇斗の心配もよそに、特に気にした風もなく淡々と返す。

ここは紀元前一五〇〇年のユグドラシルである。

セクハラなどという概念はそもそも存在せず、それが当然なのだという認識なのだろう。

なんて三五〇〇年のジェネレーションギャップを感じていた勇斗であったが、一方で幸せな悩みだな、とも思った。

そういうことを気にすることができるのは、平和だからこそ、だ。

戦争も終わったのだ。

願わくは、これからはそういう時代になってほしいと思わずにはいられなかった。

「ん？」

不意にこちらに向けて馬が駆けてくるのを視界にとらえる。

一瞬、《炎》からの使者かとも思ったが、違う。

「シギュンか」

今や頼(たよ)れる参謀(さんぼう)にして頼れる腹心の一人であるフヴェズルングの妻である。

彼女自身も『ミズガルズの魔女(ディース)』の異名を持つ凄腕(すごうで)のエインヘリアルである。

「ああ、ようやく見つけた。こんなところにいたのかい」

シギュンが馬上から声をかけてくる。

曲がりなりにも神帝(テイウダンス)相手には不遜(ふそん)としか言いようのない態度であり口調である。

当然、その場にいた《鋼(はがね)》の者たちは揃(そろ)って顔をしかめたものだが、当の勇斗にとってそのあたりはどうでもいいことである。

そんなことより――

「ルングの兄弟は大丈夫なのか⁉」

気になったのは、彼女の背中によりかかる金髪(きんぱつ)の仮面の男のほうだった。

だらんと力なく垂れた手が、なんとも嫌(いや)な予感を覚えさせる。

間違っていてくれ。

そんな祈(いの)りにも似た思いは、しかしシギュンの次の言葉で見事に裏切られる。

「もう、死んでるよ……殺しても死ななそうな奴(やつ)なのにね」

「……うそ、だろ」


淡々と告げられたその言葉を、勇斗は一瞬、何を言われたのかわからなかった。

一拍遅れて理解はしたものの、正直、頭がそれを拒否する。

狙撃で信長を負傷させたというではないか。

しっかり生き残っているものと心の底から思っていたのだ。

それが今さら死んだと言われても、納得のしようがなかった。

「どういう、ことだよ⁉　このひとがそう簡単にくたばるわけ……」

「無理をしすぎたんだよ。《炎》の化け物みたいな子とやりあって大怪我してたってのに、このまま引き下がれるかって……。その一念だったんだろうね。狙撃した後、気が付いたら逝ってたよ……」

「そ、そんなっ⁉」

隣では、フェリシアが悲痛な声とともにかくんっとその両膝が落ちる。

公式には血縁はないことになっているが、フヴェズルングは彼女の実兄である。

過去のいざこざで険悪になることもあったが、勇斗が見る限り、なんだかんだで仲が良く、お互いを想い合っている兄妹だったと思う。

衝撃の大きさは察するにあまりあった。

「……ルングの兄弟らしくはある、な」

勇斗は眉をひそめつつ、嘆息する。

フヴェズルングと言う男はプライドが高く、とにかく負けず嫌いな一面があった。

自分に屈辱を与えた相手には、どんな手を使ってでも復讐を果たす。

飄々とした外面の下には、そういう執念深さがあった。

「だからって無茶しすぎだろ。あんた……俺の為に死ぬつもりはないって言っていたじゃないか」

返事は返ってこない。

そう頭ではわかっていても、語りかけずにはいられなかった。

シギュンも言ったように、殺しても死なないような男であり、判断力に優れ、事実、何度も死地を切り抜けてきている。

今回の戦いでも、他の誰が死んでもこの男だけは生き残るとどこかで思っていた。

なのにまさか、と目の前の現実がとにかく信じられない。

「とにかくまずは下ろしましょう」

ラスムスが言い、近くの兵士たちが丁重な手つきで担ぎ、地面に寝かせる。

千謀百計の彼のことである。

全てたちの悪い悪戯で、むくっと起き上がってくるのではないか。

そんな淡い期待を抱いていたものだが、その間、彼が動くようなことはなかった。

口元に耳を当てても、呼吸がない。

心臓に手を当てても、鼓動も返ってこない。

フヴェズルングは、死んだのだ。

「嘘……でしょう？　悪ふざけにしてもひどすぎますよ、兄さん……ほら、さっさと起きてくださいよ」

フェリシアが震える声で言う。

まだ立てないのか、四つん這いの姿勢でフヴェズルングへと近寄り、その胸倉を掴み、

「起きてって言ってるでしょう！　これ以上ふざけてるなら怒りますよ！」

声を荒らげて揺さぶる。

もちろん彼女とて、どこかでわかってはいるのだ。

フヴェズルングが死んだということを。

だがそれを受け入れられないのだろう。

狂言であってほしいという思いが、どうしても捨てられないのだ。

「いい加減にしないと……」

　バッとフェリシアは手を振り上げる。

　頬に向かって振り下ろされそうなその手はしかし、ジークルーネによって止められる。

「フェリシア」

　ただ彼女の名を呼び、ジークルーネは沈痛な表情で首を左右に振る。

「そ、そんなはずはないんです。ふざけてるだけです。兄さんが死ぬわけ……」

「フヴェズルングの身体からは生命の源である神力をまったく感じられない。お前だってそれはわかっているのだろう？　フヴェズルングは、死んだんだ」

「そんな……そんなはずは……うわあああああっ!!」

　そのままフェリシアはフヴェズルングの身体にすがりつくように泣き崩れる。

　その両肩を、ジークルーネはただ黙って抱き締めた。

　彼女はフェリシアとはもう物心つくかどうかからの幼馴染である。

　フェリシアがどれだけ兄のことを想っていたか知っているのだろう。

「なに……死んでんだよ。これからだろうが……っ！」

　そんな二人を見ながら、勇斗も震える声を振り絞って吐き捨てる。

《狼》の継承問題で、彼との間には長きに渡る軋轢が生まれ、一時は血で血を洗う死闘を演じた関係ではあった。

それでもフヴェズルング――いや、ロプトがいなければ、今の自分はまずいなかっただろうと断言できる。

鉄の精錬。

それが勇斗が覇道を駆け昇る最初にして最大のきっかけだった。

だが、当時の勇斗は大した力もなく『無駄飯喰らい』などと呼ばれ、周りからは嘲笑われる立場だった。

そんな勇斗の妄言を信じ、後見となり何度失敗しても援助をし続けてくれた。

彼がいなければ、勇斗はきっと誰の目に留まることもなく、ただの人として生を終えていただろう。

恩義だけではない。

ロプトは当時の勇斗にとっては憧れであり、誰より頼りになる兄貴分だった。

どれだけ彼の存在に心が救われたか知れない。

「早すぎるだろ。まだ俺はあんたに、何も返せていない……っ！」

そんな多大な恩のあるロプトに、勇斗はこれまで仇で返し続けてきた。

本意ではなかったが、ロプトで内定していたはずの《狼》の宗主の座を奪い、彼が親を殺し出奔する理由を作ってしまった。

フヴェズルングと名を変え、《豹》の宗主になってからも、その覇道の行く手を阻み打ち砕いた。

《鋼》の将となってからも、その卓越した力に頼らざるを得ず、結果、貧乏くじを引かせることも多かった。

彼にとって勇斗はまさに、疫病神と言うしかない存在だったと思う。

だからこそ、出来る限り恩返しがしたいといつも思っていた。

新天地では舎弟分から子分に盃を直し、領土と地位を与え報いたいと内心で絵図を描いていたというのに。

「あんたには聞きたいこと、話したいこと、一緒にやりたいこと、いっぱいあったんだ」

言葉にしているうちに、目蓋が熱くなり、涙が零れ落ちていく。

個人的な関係においてもようやく……

そうようやく最近になって、昔に近い関係に戻れたと思っていたのに。

勇斗を神帝や大宗主としてではなく、ただ一人の男として扱ってくれていた唯一の男だったというのに。

もう彼はいないのだ。

あの皮肉めいた言葉の数々が、もう聞けないのだ。

それがただただ悲しかった。

「ふぅぅぅ、さすがに少々、疲れたな」

長い嘆息とともに、信長はどっかりと豪奢な椅子に腰かける。

ヴァラスキャールヴ宮殿本殿の謁見の間にある玉座である。

周防勇斗が最後に用いた崩落大火の計により、宮殿のほとんどは崩れ、焼け焦げているが、それでもこの謁見の間だけは難を逃れていた。

ここに市外への抜け道がある為であろう。

だが、そんなことはどうでもよかった。

「これが天下の座り心地か。思ったほどではないな」

信長は頬杖を突き、つまらなげにつぶやく。

長年の悲願の達成である。

嬉しくないわけではないのだが、彼は一代の覇王である。

手に入れるまでが楽しいのであり、手に入れてしまったものにはもう興味はないのだ。

「じゃがまあ、約束ではあったからの」

小さく笑みをこぼし、信長は懐より髪の束を取り出す。

信長をかばい戦死した忠臣ランの遺髪である。

『まだ大殿が天下を取った姿を見ておりませぬから』

それが信長が聞いた彼の最後の言葉であった。

「ヴァルハラとやらから見ておるか、ラン？　ついに天下を獲ったぞ」

虚空を見上げつつ、信長はつぶやく。

損害だけを見れば《炎》のほうが圧倒的に大きいが、講和せずに戦いを進めていれば、防衛拠点を失った《鋼》に勝機はほとんどなく、九割九分九厘、信長は勝利していたであろう。

そのわずかな一厘を最初に拾ってくるような恐ろしさが、あの少年にはあるのだが。

だが、信長が重視するのは過程より結果である。

戦略的に見れば、神都グラズヘイムを見事に陥落せしめ、《鋼》の領土のほとんどを奪い獲った。

ユグドラシルの天下万民は、信長こそがこの戦いの勝者であり、すなわちユグドラシルの主と判断するはずだった。

そして事実、ユグドラシルの大半が、今や信長のものであった。

たとえ周防勇斗であろうとも、国力の差はいかんともしがたく、もはや敵ではない。

天下は、名実ともに信長のものとなったのだ。

「貴様の願いは叶えた。じゃから……仇を討たなんだことは許せ。儂も人の親ゆえな」

申し訳なさそうに、信長は目を細める。

恨みが消えたわけではない。

だがきっと、あの漢ならば、この結果を受け入れてくれるような気がした。

信長の願いを、想いを誰より尊重し続けてくれた漢であったから。

「ととさま、こんなところにおられたのですか！　突然、姿が見えなくなり心配しました」

ひょこっと愛娘のホムラが入り口から顔を出し、トコトコと近づいてくる。

この無邪気に親を慕う姿は、年相応である。

いや、むしろ甘えん坊と言える類かもしれない。

だがだからこそ、とても可愛いと思う。

「で、あるか」

信長は笑い、ホムラの身体を持ち上げ、自らの膝の上に乗せる。

「わっ、ふふ」

ホムラは少し驚いた様子を見せるも、すぐに嬉しそうに顔をほころばせ、力を抜いてぽてんっと信長に背中を預ける。

完全に気を抜き、くつろいでいる様子である。

思わず、信長の口元がほころぶ。

信長は幼い頃は、眉をひそめられる存在だった。

大成してからは、常に畏れられる存在だった。

それは親族からすら変わらない。

日ノ本でも、子供たちにはやはりどこか信長に対してビクビクしているところがあった。

本能寺の折、謀反と聞いた時、最初に思いついたのは、血を分けた実の息子である信忠であったというエピソードが、それを如実に表している。

子煩悩なたちでありながら、これほどまでに無邪気に子から慕われるのは、信長にとって初めてであり、愛おしく思わずにはいられない。

こういう安息を心のどこかで求めていたように、今さらながらに思う。

「ホムラよ」

「なぁに、ととさま?」

無邪気な顔で、ホムラが身体をひねり信長の顔を見上げてくる。

そんな彼女に、これを言うのは少々躊躇われる。

だが、もう時間はない。

言わねばならぬことだった。

「儂はもう長くない」

「っ！　いきなり何を言うの⁉」

ホムラが慌てたように声を荒らげる。

彼女にしてみれば、もう危機を乗(の)り越(こ)えたと思っていたところだろう。

事実、《鋼(はがね)》との会談に調印と精力的に動いてもいた。

寝耳に水だったに違(ちが)いない。

だがそれは、言うなれば蝋燭(ろうそく)の火が最後に一際(ひときわ)強く燃え輝(かがや)くようなものでしかないのだ。

「死のうは一定、よ。これまで何万何十万という者の命を奪ってきた。そのツケとは思わぬが、儂の番が来た。それだけのことよ」

淡々と信長は言う。

死が怖くないわけではない。

だが、人は必ず死ぬものであり、それが信長の死生観だ。

常に死は覚悟(かくご)して、だからこそ必死に、駆け抜けるように、生き急ぐように生きてきたのだ。

「だからホムラよ、《鋼》の連中を恨むな。殺し殺されるのは戦の習い、儂が死ぬのは天命よ。人間五〇年と言う割には、十年も余分に生きられた。儲けものじゃ」

「でも……でも……」

信長は諭すように言うも、ホムラはやはり納得できないようだった。

当然だ。

ホムラにしてみれば、まさに親の仇も同然なのだから。

信長自身、身内や寵臣を殺された時には復讐の業火に身も心も焼かれたものだ。

それで罪のない一向宗徒を何万と焼き殺したこともある。

だが正直、怒りに身を任せて行動すれば、事態が悪化することはあっても、好転することはまずなかったというのが体感だ。

前述の焼き討ちにしても、一向宗とは泥沼の争いとなり、天下統一が一〇年は遅れたように思う。

はっきり言ってろくなことがない。

まだ若いホムラに、そんな復讐の修羅道を歩んで欲しくはなかった。

親として願うのはただ、彼女が幸せな一生を過ごすことのみである。

「ユグドラシルに来て一〇年、何事も順風満帆であり、大した障害もなく、正直、退屈しきっておった」

過去を懐かしむように穏やかな声で信長は語る。

日ノ本に比べれば、極めて技術水準の低い世界であった。

戦術戦略も稚拙。

その上、信長には五〇年、戦国乱世の中で培った経験がある。

成り上がるのは実に簡単であり、全てが計画通りに進んでいく。

そこそこならばまだ面白くもあったと思うが、完全に思い通りに行き過ぎると歯応えがなさすぎて、心が淡々として何も動かない。

生きているようで、死んでいるような、そんな日々だった。

「じゃがこの一年は大いに楽しめた！　周防勇斗、彼奴のおかげよ」

「あいつの？」

「うむ、あの漢がいなければ、天下は易々と儂のものであったろうが、それでは味気なくも感じたであろう。必死に生きてこそ、その生涯は光を放つ。彼奴には散々手こずらされ、何度も苦虫を噛み潰し、時には憎々しくさえ思うたが、終わってみれば彼奴との戦いは、大いに楽しく満足のいくものであった」

少年のような笑みとともに、信長は声を弾ませる。

これは信長の嘘偽りのない本音である。

全力で叩き潰しにいった。

戦略的にはなんとか勝ちを拾ったが、戦術的には大敗であった。

だからこそ、面白かった。

何事も思い通りに進んでは面白くない。

巨大な壁に立ち向かうことこそが、人生にやり甲斐をもたらすのだ。

「この一年は、儂の人生においても、最も激しく血沸き肉躍る日々であった。憎々しく思う時がなかったといえば嘘になるが、最後に残るのはただ感謝のみよ」

「感……謝……？」

ホムラがきょとんとした顔でオウム返しをしてくる。

自らに刃向かい、それどころか生きるか死ぬかの瀬戸際まで追い込まれておきながら、感謝しているというのがピンとこないのだろう。

「ふっ、ホムラ。おぬしにもわかるはずじゃ。対等に渡り合える人間がいないというのは寂しいものよ。あの仮面の男に出会ってからのおぬしは、実に生き生きしておったぞ」

「そ、そんなことは……っ！」

ホムラは口では否定しつつも、動揺の色を見せる。

内心、思い当たるところがあるのだろう。

彼女もまた双紋のエインヘリアルであり、信長同様、肩を並べる者さえいない孤高の頂きに立つ人間なのだから。

「彼奴がいなければ、きっと儂は燻りながら物足りぬ日々に鬱屈としておったじゃろう。じゃが、彼奴のおかげで儂は全身全霊、持てる力の全てを出し尽くせた。敵ながら大した漢よ」

くつくつと楽しげに信長は語る。

その口調に籠る熱は、まるで無二の親友のことを語るかのようでさえあった。

「じゃからこそ、おぬしを任せる気になった」

「えっ⁉」

青天の霹靂だったのだろう、ホムラが驚きの声を上げる。

そんな彼女に、信長は遠くを見据えつつ続ける。

「儂が死んだら、彼奴の下へ行け。ここは危険じゃ。儂亡き後、おぬしを操り、天下を意のままにしようとする者が必ず出てこよう」

「大丈夫だよ！　ホムラ、強いから！　そんな奴、ぶっ飛ばしちゃうよ」

「無理じゃな。ホムラ、おぬしは力こそ強いが、まだ幼く、奴らの手練手管に抗う術も、味方もおらん。それでは食い物にされるだけじゃ。それは親として忍びない」

あえてきっぱりと言い切る。

実のところ、ホムラならば、その逆境さえバネに、より大きく強くしたたかに成長すると内心では思っている。

彼女は間違いなく、王たるに相応しい大器と天運を持って生まれてきた娘だから。

それでもあえて彼女の意見を切り捨てたのは――

「それに、このユグドラシルにはもう未来はない」

「そ、そんなことないよ！　ホムラが立派にとと様の後を継いで……」

「そうではない。ユグドラシルそのものに、未来がないのじゃ」

「どういう、こと？」

わけがわからないとばかりにホムラが首を傾げる。

そんな仕草をかわいいと思いつつ、信長は言う。

「儂や周防勇斗が今より数千年先の未来より来たことは教えておいたじゃろう。彼奴のほうがさらに四〇〇〇年以上先の未来から来たそうじゃが」

「う、うん」

「奴が言うには、このユグドラシルという地は、そう遠くない未来、海に沈むそうじゃ」

「はい？」

間の抜けた声とともに、目を丸くするホムラ。

さすがに荒唐無稽すぎて、ピンとこないのだろう。

「ウソ、じゃないの？」

「信じられんのも無理はない。儂も最初は戯言じゃと一笑した。が、彼奴は本気じゃ。本気でそうなると確信し、自らの民を連れて新天地へと向かおうとしておる。さすがに狂言でここまではすまい」

「……ほんと、なの？」

「うむ。そこにこの大地震の連発じゃ。さすがの儂も認めざるを得ん。十中八九、ユグドラシルは沈むのじゃろう」

「………………」

あまりのことに、さすがのホムラも言葉が出ないようだった。

こんなことをいきなり言われて、受け入れられないのは至極当然ではあった。

「ホムラ、おぬしはまだ若い。こんな先のない地ではなく、周防勇斗とともに新天地に行くのじゃ。これは命令であり、遺言である」

じっとホムラの目を真摯に見つめ、言い含めるように信長は告げる。

ホムラは何かを考えこむようにうつむく。

沈黙(ちんもく)が辺りを支配する。

数十秒ほど経(た)ってから、ホムラがおずおずと問うてくる。

「それがとと様の望み、なの?」

「うむ、新天地に行き、そこで幸せに暮らせ。それだけが儂の切なる願いじゃ」

「……わかった」

ホムラは決心したように、こくりと頷(うなず)く。

本心ではあまり納得していないのが、伝わってくる。

それでも、大好きな父の願いならば、というのだろう。

父親冥利(みょうり)に尽きるとはこの事だった。

「ふふっ、これでもう憂(うれ)いはない。安心してヴァルハラとやらに旅立てるというものよ」

「そんなこと言わないでよ、少しでも長くホムラと一緒(いっしょ)にいてよ。ホムラ、頑張(がんば)るから。神力(アースメギン)なら、いくらでもあげるから」

泣きそうな顔で、ホムラが懇願(こんがん)してくる。

その気持ちは、嫌というほどわかった。

信長もまた、若くして父を失い、行き場のない怒りに身を焦がしたものだった。

「そうしたいのは山々なのじゃがな」

苦笑とともに、信長は小さく嘆息する。

急速に身体から力が抜けていき、意識が遠のいていくのを感じる。

なんとなく、わかるものがあった。

今、意識を手放せば、おそらく二度と戻ってこられないということが。

元々、死んでもおかしくないところを無理やり意志の力だけで保たせていたのだ。

為すべきことを全てやり遂げ、緊張の糸が切れてしまった今、いかに信長といえど、もう立て直すのは不可能だった。

「おぬしの行く末、もう少し見たかったのぅ」

最後の力を振り絞り、信長はホムラの頭を撫でる。

まだその顔は、あどけない。

抱いた体も小さく、軽い。

こんな子を置いていくのは心残りではある。

が、仕方のないものは仕方がない。

思い通りにいかぬのが人生なのだから。

思い通りにいっては、面白くもない。

この哀しみを糧に、ホムラはよりいっそう成長するであろう。

それを草葉の陰から見守るのも一興である。

「人間五〇年、下天の内をくらぶれば、夢幻のごとくなり。ふっ、なかなかに愉快な一生であった。是非もなし」

そんな言葉とともに、信長は目蓋を閉じる。

途端、意識がまどろんでいく。

だが、恐ろしさはなく、どこか夜の闇のような安らぎがあった。

「とと様⁉　とと様っ⁉」

ホムラの声が聞こえる。

だがもう、彼女が何を言っているのかすら信長には聞き取れなかった。

それもやがて聞こえなくなり、信長の意識も闇の中に沈み、消える。

彼が好んで舞った敦盛のごとく、夢幻のように。

　　　　　　　　　　　　　　　　　　　　―

日ノ本とユグドラシル。

二つの地を駆け抜け、天下を獲った希代の覇者、織田信長の最期であった。

その死に顔は、とても安らかで、満ち足りたものであったと言う。

ACT 4

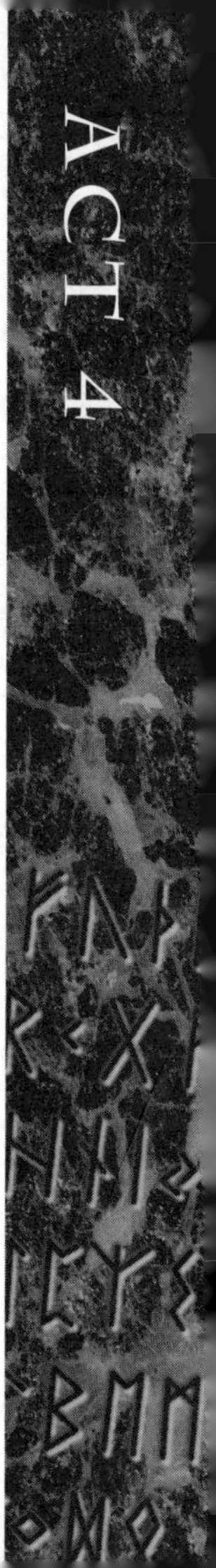

パチパチ……

薪の爆ぜる音が響いてくる。

夜の闇の中、木組みからは煌々と炎が燃え上がっていた。

煙が立ち上り、風に吹き流されていく。

勇斗はただそれをぼんやりと眺め続けていた。

燃やしているのは、フヴェズルングや『波の乙女』たちといった、今回の戦いで亡くなった将たちの遺体である。

亡くなった兵たち全てを火葬に処せないのは心苦しいかぎりだが、すでに《炎》のものとなったグラズヘイムで大掛かりに動くことは難しい。

将校格だけなんとか運び出すのが精いっぱいであったのだ。

「あっけないな、ほんと」

どれぐらいそうしていたか、ポツリと勇斗はつぶやく。

今、燃やされている者たちは昨日まではしっかり生きていたのだ。

ほぼ全ての者たちと、勇斗は面識があり、何度も言葉を交わした。

一人一人の顔も、はっきりと思い出せもする。

だがもう、彼らはいないのだ。

「葬式とは死者の為ではなく、生きている者たちの為のものである、か」

どこで聞いたのか定かではないが、そのような言葉をかつて聞いた覚えがある。

まったくその通りだ、と勇斗は思う。

しっかり儀式を行うことで、心の区切りをつける。

泣くための、悲しむための場を用意する。

そうすることで、人はようやく故人の死を受け入れ、前に進むことができるのだ。

「う、ううっ」

「スィール先生……」

「ヴァルキュリアたちよ。戦士の英霊をどうかお導きください」

ところどころからすすり泣きと祈りの声が漏れ聞こえてきた。

中でも悲痛の声が大きかったのは、ファグラヴェールをはじめとした《剣》の面々である。

「済まなかったな。俺の力が足りないばっかりに」

勇斗の詫びに、ファグラヴェールは首を左右に振る。

「いえ、相手は双紋のエインヘリアルだったとのこと。誰が相手をしても止められますまい。運がなかったのです」

言葉ではそう言いつつも、その顔にはやはり憔悴の色が濃い。

今回の戦いで、ファグラヴェールはスィール、ウズ、コールガ、ドゥーヴァ、レーヴァという、腹心たる『波の乙女』の実に半数以上を失っていた。

勇斗の目から見ても、彼女と『波の乙女』たちとの間には、ただ儀式的に盃を交わしただけではない、本当の家族のような強い結束と絆があった。

彼女の心中は察するに余りあった。

「今はただ、皆の冥福を祈るだけです」

燃え盛る炎を見つめ、ファグラヴェールはつぶやく。

かける言葉が見つからなかった。

「あたしの足なら、きっと双紋の速度にも対応できたのに……」

「うん、ぼくたちがいればみんなも……」

エルナとフレンもまた、悔しそうに下唇を噛んでいた。

フレンは利き腕である右腕を包帯で吊るし、エルナもまた左太ももに包帯を巻き、杖を突いている。

二人とも、《炎》五剣の一人ヒューガと交戦、討ち取りはしたものの、負傷により後方に戦線離脱していた。

ホムラの圧倒的な戦闘力から考えれば、彼女たちが加わったところで結果は何も変わらず、むしろ怪我をしたことで命拾いしたとも言えるが、それで納得できるものでもないのだろう。

もし、だったら、とどうしても考えてしまうのは人のサガである。

《剣》の者たちの心が癒えるまでには、まだしばらくの時間がいりそうだった。

「……本当に死んだのですね、兄さんは」

炎の勢いも弱まり、送魂式も終わりに近づいていた頃、それまでずっと沈黙を続けていたフェリシアが、不意に口を開く。

最初は兄の死を受け入れられなかった彼女も、ようやく少し、心の整理がついてきたのかもしれない。

「まあ、これまでの兄さんの非道な行いを鑑みれば、当然の報い、なのでしょうね」

淡々とフェリシアは言う。

彼女の言う通り、確かにフヴェズルングは多くの悪行を働いている。

盃の親であるファールバウティ殺害に始まり、《蹄》への侵略でも暴行略奪の限りを尽くし、《鋼》の侵攻を防ぐため、自らの民の家や田畑を焼き払いもした。

勇斗視点から見れば、どれも弁解の余地はあるが、大半の者たちの目から見れば、なんと悪逆無道な人物かと映るのも確かであった。

「むしろこれまで報いがなかったのが不思議なくらいです。本当はもっと早く死なねばならぬところを、おそらく、ユグドラシルの民を救うため、神々から特別に猶予を与えられていたのでしょう」

神に仕える巫女らしい言葉ではあるが、自分にそう言い聞かせているようでもあった。

それが彼女なりの落としどころなのだろう。

死ぬのは仕方のない、避けられないことだった、と。

「そう、だな」

勇斗も炎を見やりながら返す。

無理やりにでも納得できるような「理由」が、こういう時には必要なのだということは、勇斗もよくわかるところであった。

人はみんな、そこまで強い生き物ではないのだから。

「兄は、どうしようもない、擁護のしようのない大罪人です。それでも、わたくしにとってはたった一人の、優しい兄でした」

「うん、そう思うよ」

《狼》でまだ一緒に暮らしていた頃のことを思い出しつつ、勇斗は頷く。

彼は間違いなく、優しく、強く、頼もしい誇れる兄貴だった。

勇斗がその歯車を狂わさなければ、今もそうあり続けただろう。

それを考えると、ズキリと胸が痛む。

「今回、兄の最後の狙撃が、戦いを終わらせるきっかけになったとお聞きしました」

「ああ、大金星だよ。それがなければ、今頃俺たちは、仲良くヴァルハラに連れていかれていたかもしれない」

今考えてもぞっとするところである。

ホムラを狙ったことで、信長は彼女をかばい被弾したと言う。

信長狙撃は勇斗の最後の策であったが、仮に勇斗の指示通り信長を狙っていれば、その時代の覇者たる天運と歴戦の勘で回避されていた可能性も高い。

フヴェズルングのホムラ憎しの感情が功を奏したか。

それとも、信長の性格を見切ってあえてホムラを狙ったのか。

フヴェズルングならば、どちらも十分にあり得る。

彼亡き今、それはもうわからない。

だが、何かがズレていたら、講和はなかった。

本当に紙一重の差が明暗を分ける、値千金の戦果であった。

「本当に、そう思われますか？」

「当然だ。ルングの兄弟には感謝してもし足りない」

「では、この子が男の子なら、フヴェズルング、と名付けることをお許し頂けますか？」

そっとお腹を押さえつつ、フェリシアが上目遣いでおずおずと問うてくる。

自分たちの間柄で随分と持って回った言い方をすると思ったら、そういうことかと勇斗も納得する。

彼女なりに、何か兄とのつながりを、彼の生きた証を残したいのだろう。

「道を違えぬよう、しっかりと教育致しますから」

「うん、いいんじゃないか。きっとルングの兄弟のように賢く強い子に育ちそうだ」

勇斗も力強く頷く。

ロプトという名では、《狼》の出身者には顔をしかめられそうだし、子供の世代にもそれが伝わり、いじめなどに発展する可能性もあるが、フヴェズルングであれば、《鋼》を救った英雄の名である。

何の問題もない。

それに――

勇斗自身、兄貴分とのつながりをなくしたくなかった。

兄弟に返せなかった分、同じ名を持つその子に注ごうと思った。

たとえそれが、自己満足に過ぎないとしても。

「リネーア、兵糧はどれぐらいある?」

「民を含めても、《絹》まで十分たどり着ける量を確保しております」

「先の戦いで東へと逃げた兵が二万以上いる。それも拾っていきたいが、大丈夫か?」

「問題ありません」

「正直助かる。俺のほうはあまり運び出せなかったからな」

翌朝、勇斗は早速、主だった諸将たちと撤退準備に取り掛かっていた。

《炎》とは講和が無事結ばれ、亡くなった者たちの慰霊も済んだ。

もうここの地に留まる意味はない。

あらかたの準備も終わり、グラズヘイムのほうを振り返る。

「しかし、いざとなるとやはり胸にくるものがある、な」

勇斗は感慨深げにつぶやく。

なんだかんだ、グラズヘイムでは一年以上の時を過ごしていた。

シグルドリーファにスカーヴィズ。

今は亡き大切な二人が眠る地でもある。

もう二度とこの地に戻って来られないのかと思うと、ぎゅぅっと寂しさに胸が締めつけられた。

「そうですね。正直、今もまだ、ここに残り、リーファ様や皆の供養をしたいと心が揺れます」

傍らではファグラヴェールもまた、たなびく髪を手で押さえつつ、勇斗と同じようにグラズヘイムをじっと見つめ、つらそうに顔を歪める。

シグルドリーファは彼女にとって、それこそ妹のような存在だったと聞く。

亡くなった『波の乙女』五人にしても、深い絆でつながっていた。

やはり離れがたい想いがあるのだろう。

「気持ちはわかるが、多分、リーファはそれを望んでいないと思うぞ」

「ええ、もちろん、それはわかっています。リーファ様に託されたこともありますからね」

「託されたこと?」

「お忘れですか? 貴方との間に子を賜り、リーファ様から受け継いだ名前を、と」

「……へ? あーっ!」

一瞬、きょとんとなった勇斗であったが、すぐに思い当たる。

確かにリーファの死の際に、二人がそんなことを話していたような気がする。

ただその後、特にファグラヴェールのほうから言い寄られることもなく、また、《炎》との戦いやノア計画に忙殺され、すっぽり完全に頭から抜け落ちていた。

「んー、あの時のあいつの言葉は、なんなら俺でもいいってだけで、あいつの望みはあくまで、お前に良い人を見つけ幸せになってほしいって意味だろう?」

さらに言えば、ファグラヴェールに殉死させない為の言葉でもあった。

あのままでは、リーファの後を追いそうでさえあったから。

「だから別に、俺にこだわらなくてもいいと思うぞ。変に縛られずに、好きな奴と結婚して、そいつの子を産むといい。そのほうがきっとリーファも喜ぶ」

この義理の姉のことを、リーファは本当に慕っていた。

それと同時に、自分の為に苦労をかけ負担を強いたと罪悪感も抱いていた。

だからこそ誰よりも幸せになってほしいという亡き妻の願いを、尊重したかった。

「ええ、ですから、できれば御館様との子を賜れましたら、と」

「いや、だから好きな奴と……」

「私は御館様をお慕い申しておりますが」

「……へ？」

またもや勇斗の口から間の抜けた声が漏れる。

これはまったく予想だにしていなかったと言っていい。

そもそもとして――

「い、いやだって、お前、そんな素振りまったく……」

「それは《鋼》の命運のかかった大事な時に、こんな私情で御館様の心を乱すわけには参りませんでしたから。それに、そんな浮ついた姿を晒していては、下の者たちに示しがつきません」

「そ、そうか」

内心たじろぎつつ、勇斗は頷く。

まるで政治や軍事の報告を受けているようで、生真面目な彼女らしいと言えばらしいのだが、恋路特有の色気や照れのようなものがまるでない。

どこまで本気なのか、これではまるでわからないのだ。

「正直、これを言うべきかどうか迷ったのも確かです。私は着飾ったり、女らしい事は何一つできません。また、もう二〇も半ばを過ぎた嫁き遅れです。神帝たる御館様のご寵愛をいただくにはとうが立ちすぎている、と」

「いやいや、そんなことはないと思うぞ。お前は十分美人で魅力的だ」

慌てて勇斗は言い切る。

実際、お世辞抜きで、ファグラヴェールはかなりの美人であった。

確かに生真面目で堅苦しいところはあるが、その裏表のない真っ直ぐさには人として好感を持ってもいた。

「では、気の向いた時で宜しいので、ご寵愛をいただければ」

「今はノア計画で頭がいっぱいでな。落ち着いてからまた話そう」

さすがに即答が出来ず、勇斗は言葉を濁す。

亡き妻の願いだ。

叶えてあげたいとは思うのだが、勇斗自身、そういう対象として見ていなかったので、心の整理がつかない。

　少し考える時間が必要だった。

「はい、それで構いません。私も御館様を困らせるのは本意ではないので」

「助かる」

　この辺りの公私の切り替えは、さすがであった。

　少なくとも、状況（じょうきょう）が落ち着くまでは猶予をもらえそうである。

「名残惜（なごりお）しいが、そろそろ行くか」

「はい」

　頷き合い、勇斗が踵（きびす）を返そうとしたその時だった。

「お父様、大変です」

　クリスティーナが慌てた様子で駆け込んでくる。

　尋常（じんじょう）な様子ではない。

「ホムラ殿（どの）が参っております」

「ホムラ殿が？」

　勇斗は軽い驚きに目を瞬かせる。

　大国の輿入（こしい）れには当然、相応の格式が求められ、準備も必要であり、三ヶ月後の予定だったはずだ。

「未来の婿の品定めにでも来たか？」

ははっとやや引きつった乾いた笑みがこぼれる。

父親の信長との間では婚約が成立しても、当の本人がそれをどう思ったかはわからない。

今は亡きフヴェズルングからも、ホムラの性格に関して「我がまま放題の子供だ」と聞いている。

勇斗が実際に相対した時の印象も同様のものだった。

つまり、何をしてくるかわからない、ということだ。

そんな子供が、天下無双の戦闘能力を誇っているのだ。

もはや歩く地雷原である。

正直、嫌な予感しかしない。

信長とはまた違った意味で、神経をすり減らされそうな相手だった。

「待たせたな、ホムラ殿。心から歓迎するぞ」

急ピッチで準備を進め、本陣にホムラを招き入れる。

実際はもう陣を引き払い、撤退する直前でありまったくちっとも歓迎はしていないが、そこは本音と建て前である。

大宗主(レギンアーク)としてこの程度の腹芸ができなくては務まらない。

「して、何用だ？　こちらも撤退の準備で色々、慌ただしくてな。手短に頼む」

「とと様が死んだ」

「っ⁉」

思わず目を剥(む)く。

信長が、死んだ？

こんなに早く？

「……本当か？」

慎重(しんちょう)に、確認(かくにん)する。

これはさすがに勇斗も想定外であった。

あれだけかくしゃくとしていたのだ。

さすがにもう数ヶ月(すうかげつ)ぐらいは大丈夫(だいじょうぶ)だろうと勝手に思い込んでいたところがある。

「こんなことで嘘(うそ)をつくか！　儂が死んだらお前のところへ行けってとと様から言われているから来たんだ」

目に涙を浮かべながら、ホムラは怒ったような声で言う。

とても演技とは思えないし、なによりこれまで見聞きした情報を総合すれば、年も年だしあまり演技ができるとも思えない。

「そうか、亡くなられたのか。信長殿とは幾度となく矛を交えた間柄だが、心から尊敬できる傑物だった。心からお悔やみ申し上げる」

すっと胸に手を当てて、勇斗は哀悼の意を示す。

殊勝な態度とは裏腹に、頭の中は急速にフル回転していた。

哀悼の気持ちに嘘はないが、そんな悠長な状況でもなかったのだ。

絶対的カリスマである信長がこんな陣中で死ねば、《炎》軍はまず間違いなく大混乱に陥るだろう。

どう動くべきか、《鋼》の総大将としては思考を巡らせずにはいられなかった。

「へえ」

そんな勇斗を、ホムラが少し驚いたように目を瞠っていた。

「なんだ?」

「んーん、なんか、とと様とおんなじこと言ってるな、って」

「信長殿と?」

「うん、おかげで楽しめたって。敵ながら大した漢だって」

「ははっ、それは光栄だな」

勇斗の口元が自然とほころぶ。

認めていることをこうして他人の口から聞かされるのは、お世辞抜きで褒められてるようで素直に嬉しく感じる。

「もっとも俺は全然楽しくなかったがな。貴女の御父上はでたらめに強くて、底知れなくて、楽しむ余裕まったくなかった」

「当然だ。とと様だからな！」

鼻高々という感じで、ホムラが嬉しそうに頷く。

父親のことが大好きで、自慢なことが伝わってくる。

「でも、なんだかんだお前もけっこう大したものだとホムラも思うぞ。とと様とホムラ相手によくやったほうだ」

うんうんと頷きながら、ホムラが言う。

その上から目線な言葉に、同席していた諸将たちがにわかにざわめく。

相手が対等の信長ならいざしらず、ホムラはいかに双紋といえど、その娘に過ぎない。

さすがに無礼がすぎると思ったのだろう。

「ああ、本当に苦労させられたよ、あんたら親子には」

苦笑しつつ、勇斗は右手を家臣たちに向ける。

下手な口出しをせず、黙ってみていろ、という意である。

元々、格式や礼儀など、勇斗にとってはどうでもいいものだ。

それに所詮は、子供の言うことである。

いちいち気にするほどのことでもなかった。

「ふふふ、そうだろう、そうだろう。とと様とホムラは最強！　だからな」

ホムラはへへんっとその小さな胸を大きく張る。

なんとなく、この子との付き合い方がわかってきた勇斗である。

要はファザコンなのだ、と。

「しかしお前、なかなか話の分かるやつだな！　ちょっとだけ気に入ったぞ。まあ、とと様に怪我させたのだけは許せないけどな」

「っ！　いい加減にしろっ！　偉そうに何様だ、貴様は!?　貴様とて我が軍の者を何人も斬り捨て殺したではないか！　知らぬとは言わせぬぞ」

大きく声を荒らげたのはファグラヴェールである。

もちろん、彼女にはホムラとの婚約の事は伝えてある。

とは言え、彼女はホムラに娘分を五人も殺されている。

そこにこの言い分は、さすがに我慢がならなかったらしい。

「むっ！　とと様と他の雑魚どもを一緒にするな！」

「なっ！　言うに事欠いて雑魚だと！」

「雑魚を雑魚といって何が悪い⁉」

売り言葉に買い言葉で、ホムラとファグラヴェールは睨み合い、火花を散らす。

（勘弁してくれ）

思わず頭を抱えた勇斗である。

道理で言えば、全面的に悪いのはホムラだ。

それはもう疑いようもない。

ただの子供であったならば、きつく叱って注意すれば済む話ではあるが、ホムラは暴れさせては手に負えない双紋のエインヘリアルにして、先程、講和を結んだばかりの《炎》の姫君である。

下手にこれ以上機嫌を損ねさせるわけにはいかない。

（となると、ファグラヴェールに大人の対応を願いたいところだが……）

見る限り、それも厳しいだろう。

バーラがその身体を掴んで押さえているが、止まる気配がない。

元々、堅物すぎるところのある彼女だ。

相手が誰であろうと、可愛がっていた娘分たちを馬鹿にされて引き下がるとは思えない。

「とと様はホムラの全てだったんだ！　傷つけた奴を許せるわけないいじゃん！」

「貴様だけがそうだとでも思っているのか！　貴様に殺された者たちにだって家族がいて恋人がいたんだ！」

「だからそんな奴らなんて知らない！　とと様のほうが大事だ！」

「〜〜っ！　話にならん！　これだからガキはっ！」

「今、ガキって言ったな⁉」

「ああ、言ったが、ガキにガキといって何か問題があるか？」

事実、言い合いはどんどんヒートアップしていく。

このままではいずれ刃傷沙汰になりかねない。

「二人とも、とりあえず落ち着け」

さすがにこのまま放置するわけにもいかず、勇斗は仲裁に入る。

心境的には、ライオンやクマといった肉食猛獣を相手にしている気分である。勘弁して欲しい。

「ホムラに命令するな！　ホムラに命令していいのはとと様だけだ！」

「先程から神帝（テイウダンス）たる父上になんたる言い草だ！　いくら信長殿の娘だからとて、もう我慢ならん！」

「へえ、我慢ならないならどうするの？　やるの？　ホムラは構わないよ」

にぃぃっとホムラが好戦的な笑みを浮かべる。

今はまだお互（たが）い武器に手をかけてはいないが、明らかに臨戦態勢である。

ファグラヴェールが武器を抜（ぬ）けば、これ幸いと反撃（はんげき）するに違（ちが）いない。

「いい加減にしろ、二人とも。少しは頭を冷やせ！」

見過ごすわけにもいかず、勇斗は声を張り上げる。

さすがにこれにはファグラヴェールのほうはハッと冷静さを取り戻したようだが、

「さっきホムラに命令するなって言ったよね？　とと様の最後のお願いだから我慢してやってるけど、あんまり調子のってると殺しちゃうよ？」

ホムラのほうはと言えば、その顔から表情が消え、代わりに絶対零度（ぜったいれいど）のごとき冷たい殺気が噴（ふ）き出（だ）す。

ざっとジークルーネとヒルデガルドが勇斗をかばうように前に進み出る。

（娘を任せるに足る、ってそういうことかよ。あのくそじじい）

まさに一触即発の中、勇斗は心の中で盛大に舌打ちしていた。

信長が自分に任せた真の意味を、今まさに理解する。

信長が娘のこの増上慢なタチを把握していないはずがない。

そして、このままでいいとも思っていなかったはずだ。

だが、ホムラは双紋のエインヘリアルであり、他を隔絶した力を持っている。

それをたしなめるだけでも勇気がいるし、言うことを聞かせるなどさらに夢のまた夢だ。

（まったくただでさえまだまだ問題山積みなのに、厄介事を押し付けてくれるぜ）

このとんでもないじゃじゃ馬の躾をしろ、と。

まったく無理難題を託してくれたものである。

だが、ここで尻尾巻いて逃げるのも、それはそれで癪だった。

「ほう、なら遠慮せずにやってみるといい」

勇斗は思考を戦闘モードに切り替えるや、すうっと目を細め冷たく言い捨てる。

今さら双紋のエインヘリアルごときに怯える勇斗ではない。

そんなものよりもっともっと強大な敵や危機と渡り合ってきたという自負があった。

「むっ、できないと思って偉そうに！」

「ああ、お前にはできない。嘘だと思うのならかかってくるがいい」

「へえっ！」

勇斗の挑発に、カチンと来たらしくホムラの身体がわずかに沈み――

「じゃ、遠慮なく！」

ダンッ！　と、その身体が跳ね、一瞬で勇斗のそばへと詰め寄る。

ずるっ！

「へ？」

間の抜けた声とともに、ホムラの足が滑り、体勢を崩す。

勇斗の座る椅子の下に広めに敷かれた絨毯の相手側に伸びた部分には、金銀の光沢にまぎれて油を塗り込んである。

それに足を取られたのだ。

別にホムラ向けの対策というわけではなく、元々からの暗殺対策である。

ついで――

「「《グレイプニル》！」」

間髪入れずに、フェリシアとシギュンが秘法を解き放つ。

金色の鎖が二重にホムラへと絡みついていく。

《グレイプニル》

かつて勇斗をこのユグドラシルに呼び寄せた秘法であり、異質なるものを捕らえ縛る効果があり、エインヘリアルに使えば、その人間離れした力を抑制し弱体化させることもできるのだ。

しかも、二人には前もって万が一に備え、秘法を放つ前準備の儀式もきっちり済ませてもらっており、咄嗟のものよりははるかに強力な代物である。

「ぐぐっ、こんなものっ！」

それでも、ホムラはさすがは双紋のエインヘリアルであった。

並みのエインヘリアルであればたちまち無力化されていたであろう《グレイプニル》の二重掛けに対しても、なんら構わず力任せに勇斗に突っ込んでくる。

とは言え、もはやその速度は以前のような化け物じみたものではない。

ただの普通のエインヘリアルクラスだ。

ならば――

「遅い」

「よいしょっ」

ジークルーネとヒルデガルドの二人にしてみれば、そんなもの、赤子の手をひねるがごとしである。

ジークルーネはホムラの手を取って、柳の技法の要領で上手く力をいなして地面に組み伏せ、腕をひねって体重をかける。

ヒルデガルドもまた、阿吽の呼吸で逆の手と背中を押さえつける。

まさにあっという間の制圧劇だった。

「ぐっ、は、放せ！」

当然、ホムラは拘束を振りほどこうと暴れるが、さすがに《グレイプニル》の二重掛けの状況下で、さらに《鋼》の二大エインへリアルに押さえつけられては、双紋のエインへリアルといえども、どうしようもない。

「思っていたよりあっけなかったな」

押さえつけられたホムラを勇斗は冷たく見下ろして言う。

フヴェズルングから伝え聞いた印象、そして実際に自分の目で見た印象から、暴れ出すことも十分にあり得ると踏んでいた。

そうなったときの対処法を、すでに取り決めておいたのだ。

失敗した時の為に他にもいくつか策を用意してあったので、少し物足りなくすら感じるところである。

「き、汚いぞ！」

「戦に綺麗も汚いもない。少なくともお前の父、信長殿ならば、こんな幼稚な手には絶対に引っかからないだろうよ」

「ぐっ」

勇斗の言葉に、ホムラは悔しそうに唇を噛む。

やはり信長の名には弱いらしい。

「曲がりなりにも、俺は信長殿と鎬を削った男だぞ？　たかだか双紋のエインヘリアルごとき、どうとでもしようがある」

勇斗はつまらなげに鼻を鳴らす。

双紋の怪物など、もうすでにステインソールで見慣れている。

どれだけ化け物じみていようと、猪突猛進であるうちは勇斗の敵ではない。

彼が恐れるのは、いつも苦戦させられるのは、フヴェズルングや信長と言った天才的智謀と動物的な勘と抜群の統率力を併せ持った者たちだった。

「あの時、俺がお前に苦戦を強いられたのは、あくまで後ろに信長殿がいたからだ」

これも負け惜しみではなく、勇斗のまごうことなき本音だった。

戦争時には、どうしても信長が率いる大軍を相手にするため将兵を分散させねばならなかった。

また思考リソースのほとんどを信長との読み合い、化かし合いに取られ、ホムラの事は懸案事項ではあったが、優先順位的にはどうしても二の次三の次になっていた。

彼女一人だけを相手にするならば、今回のようにいくらでも対処のしようはあるのである。

「さて、どうしたものかな」

勇斗は口元に手を当て、あえて抑揚なく淡々とつぶやく。

こういう時、感情がない風のほうが怖く感じるものだからだ。

そして、パチッとホムラに気づかれないように、フェリシアへと目配せを送る。

フェリシアはコクリと頷き、

「早々に殺すべきでしょう。お兄様に無礼な態度を働くに飽き足らず、襲い掛かろうとまでしました。極刑が相当かと」

艶然と笑みさえ浮かべて怖いことを言う。

さすがは常にそばに控えている腹心である。

言葉を交わさなくても、こちらの意図を見抜き、欲しい言葉を言ってくれる。

だが、演技とは露も知らぬホムラは、

「なっ！　かかってこいと言ったのはこいつのほうじゃないか!?」

驚き慌てたような声を上げる。

まさかこの程度で、とでも思ったのかもしれない。

生まれ持った力と、偉大な父親がいたからだろう、我がままが通るのがもう当たり前になっているのだ。

だが、そう世の中、甘くはない。

ここは《炎》ではなく、つい昨日まで敵国として激しく争っていた《鋼》なのだ。

そこでこんな傍若無人をかませば――

「そうですね、わたしもフェリシアに賛成です。ここで捕らえたが幸い、とっとと殺しておくべきかと。野に放てば、後々厄介の種になりかねません」

「私も賛成です。先に講和を破り、喧嘩を吹っ掛けてきたのは彼女のほう。義は我らにあります」

「そうですね～。信長殿も死に～、この子もいなくなれば～、《炎》は～、たとえ五万の大軍であろうと～、もはや烏合の衆も同然です～。ここで叩いて後顧の憂いを断つのも～、一つの手かと存じます～」

――こうなるのは至極当然の結果であった。

ジークルーネ、ファグラヴェール、バーラが次々と処刑に賛意を示す。

さすがに事態の最悪さを、そして覆(くつがえ)しがたいことを認識(にんしき)したのだろう、ホムラはすっかり涙目になっている。

「まあ、お前らの言いたいこともわかるが、子供相手にそこまでムキにならなくてもいいだろう」

そろそろ頃合(ころあ)いか、と勇斗は助け船を出す。

さすがに少々、いじめすぎたかもしれない。

いかに双紋のエインヘリアルとは言え、子供をいじめるのは趣味(しゅみ)じゃなかった。

とは言え、こういうものはファーストインパクトが肝心(かんじん)である。

今後の為にはどうしても、こちらの怖さを見せておく必要性があったのだ。

勇斗の経験上、この手の噛みついてくるタイプは、対等以上の力を見せつけねば、そもそもとして話を聞いてくれない。

逆に力を認めさせた相手には、特に恨(うら)みに思うこともなく心を開いてくれることもわかっていた。

ジークルーネしかり、リネーアしかり、スティンソールしかりである。

「調子に乗っていたのがどちらかわかったか？」

「～～っ！」

しゃがみこんで目を見て問うと、ホムラがめちゃくちゃ悔しそうに睨み返してくる。

このあっさりしてやられた状況では反論することもできず、プライドが高そうだっただけに腸が煮えくりかえっていることだろう。

「だが、お前は力は強いが、まだまだ幼すぎる」

「とと様と同じようなことをっ！」

「へえ、やはり信長殿もそういう認識だったのか」

「ぐっ！」

ぎりっとホムラは奥歯を噛み締める。

「だが、幼いということは、伸びしろがあるということだ。きちんと学べば、俺ぐらいすぐに追い越せるさ。信長殿から直々に託されたしな。お前が望むのなら、俺の持てる全てを教えよう」

「「「「っ⁉」」」」

これにはその場にいた諸将からどよめきが起こる。

「お、お兄様、さすがにそれは……」

「フェリシア殿の言う通りです。自ら敵を鍛えるのはさすがにどうかと」

フェリシアとファグラヴェールが顔をしかめて諫言してくる。

彼女たちの懸念はもっともではある。

ホムラに勇斗への忠誠心などない。

ただでさえ圧倒的な戦闘能力を誇るのに、知恵までついてはもはや手に負えない。

そんな怪物を自ら作ろうなど狂気の沙汰と思ったに違いない。

しかし、勇斗には最強の切り札があるのだ。

勇斗は二人をそっと手で制し、ホムラに優しく声をかける。

「信長殿のことも教えてやりたいしな」

「っ！」

瞬間、ホムラの目の色が変わる。

先程までの怒りから一転、興味津々な目つきになっている。

「信長殿のことは、よく知っている。このユグドラシルに来る前、日ノ本の頃のことを、な」

「ほ、本当か⁉」

「ああ。信長殿は俺の故郷でも超有名な英雄で、宗主になるにあたり、一番手本にした人でもあるからな。その逸話はかなり知っているぞ」

「お、教えて！」

「それは構わんが、ちゃんと他のことも学べよ。あと、俺は気にしてないからいいが、そこのファグラヴェールには謝(あやま)っておけよ」

「学ぶし謝る！　だから……だからとと様のこと教えて！」

予想通り、すごい食いつきであり効果であった。

父親を失ったファザコン少女には、これ以上の餌(えさ)はないだろう。

弱みにつけ込むようで罪悪感はあるが、こうでもしなければ、《鋼(はがね)》の大宗主(レギンアーク)としては本当に殺すしかなくなっていた。

だがさすがに子供を殺すのはあまりに後味が悪すぎる。

それを避(さ)けるための苦渋(くじゅう)の選択(せんたく)だった。

「ルーネ、ヒルデガルド、もう放していいぞ」

「はっ」

「はい」

二人もホムラの様子に、もう危険はないと判断したのだろう、指示通り即座(そくざ)にホムラの拘束を解く。

途端(とたん)、ホムラは立ち上がる時間さえ惜しかったらしく、パタパタと獣(けもの)のように四つ足で勇斗のそばに駆(か)け寄ってきて、

「早く！　早くとと様の話聞かせて！」

キラキラと目を輝(かがや)かせる。

本当に信長の事が好きで好きで仕方ないらしい。

こういうところはとても子供らしく、実に微笑(ほほえ)ましい。

口元が緩(ゆる)みそうになるが、信長から直々に頼(たの)まれてもいるのだ。

客人として甘やかすわけにもいかなかった。

精一杯(せいいっぱい)厳格な顔つきを作って、勇斗は言う。

「まずはファグラヴェールに謝ってからだ。さっきお前と言い合いをしていた奴な」

「うん、わかった。謝ってくればいいんだね⁉」

「待て待て！」

早速(さっそく)、鉄砲玉(てっぽうだま)のごとく飛んでいきそうになるホムラを、勇斗は慌てて引き留める。

「お前は、何が悪かったかわかっているのか？」

「へ？　んー、わからない。でも謝ればいいんでしょ？」

キョトンとした顔で、ホムラが返してくる。

やはりか、と勇斗は内心で苦笑(くしょう)する。

ちらりと横目で見ると、ファグラヴェールの目が半眼になり、こめかみがぴくぴくと痙攣(けいれん)している。

まったく！　本当に！　面倒で厄介な娘を預けてくれたものだ。

「ただ謝ればいいというものじゃない。ちゃんと何が悪かったのかわかって謝らないとな」

「でも、わからないものはわからないし。弱い奴らが何考えてるかとか、なんで怒るのかとか全然……」

ホムラはむぅっと唇を尖らせる。

確かに彼女ほど強ければ、普通の人たちの感覚とは断絶しているだろう。

そこで他人に絶望し、わかり合おうとする気持ちを失うのはわからないでもない。

勇斗自身、昔は現代人と古代人の価値観の断絶に、似たような気持ちになったものだ。

自分とこいつらは違う生き物だ、と。

わかり合えるわけがない、と。

しかし、そこに閉じこもっていてはだめなこともまた、勇斗は経験から知っていた。

「そう難しく考えなくていい。お前は今、父君である信長殿を失ってとてもとても悲しいだろう？」

「うん……」

「それはきっと、お前が信長殿を大好きだったから、じゃないか？」

「そうだよ！　大好きだった！　なのに、なのに……」

「ああ、大好きなひとを失うのは悲しいよな。俺も母親を失った時、とても悲しかった」

虚空を見上げて当時を思い起こしつつ、勇斗も頷く。

あるべきはずのものがない。

喪失感で心にぽっかりと穴が開き、そこから凍えるような寒風が吹き荒れていた。

「そしてそれはお前も、他の人間も一緒だ。ファグラヴェールもこの戦いで、大事な人を失っている」

「えっ⁉」

「今のお前と同じ哀しみを、抱えている」

「これ……を……」

ぎゅっと胸に手を押し当て、ホムラは何とも言えない表情でつぶやく。

「そうだ、お前だけじゃない。大好きな人を失えば、哀しい。そこはみんな一、緒なんだ。双紋だろうと、普通の人だろうと、な」

「一緒……彼女もこんな苦しい気持ちを、抱えているの？」

「ああ、そんな落ち込んでいる時に、信長殿は悪者だ。大したことない。雑魚だったと言われたらどう思う？」

「……殺したくなる。いや、絶対殺す」

「そういうことだ」

「っ！」

そこからのホムラの行動は早かった。

指示されるまでもなく、ファグラヴェールの下に駆け寄り、

「ごめんなさい！　ホムラ、お前がそんなにつらかったとは思わなくて……」

がばっと深々と頭を下げる。

その声にも真摯(しんし)さがあり、言わされているのではなく、心からの謝罪であることがありありと伝わってくる。

「わかってもらえたならば、それでいいです。こちらも父君が亡(な)くなられたばかりという貴女の気持ちに配慮(はいりょ)するべきでした」

ファグラヴェールもペコリと謝罪を受け入れ、ペコリと頭を下げる。

もちろん、いくら誠意がこもっていたからとて、この言葉一つで本当に許したというわけでもないだろうが、そこは彼女も大人であり、《剣(つるぎ)》という氏族をまとめる宗主である。

子供相手ということもあり、呑(の)み込んでくれたのだろう。

後でしっかり感謝を伝えておきたいところである。

なにはともあれ——

ホムラ来訪という大嵐(おおあらし)は、とりあえずは無事一件落着、ほっと胸を撫(な)でおろした勇斗であった。

「よし、無事まとまったところで、ヨトゥンヘイムへ出立するぞ！」

話がまとまったところで、勇斗はパンパンッと手を叩いて言う。

早く美月(みつき)やその子供たち、それに《絹(きぬ)》の族都にいる仲間たちに会いたかった。

ACT 5

「そうだな、今日は桶狭間の戦いでも話すか。これは信長殿の転機となった戦いだ。攻めてきた今川勢は二五〇〇〇ほど。対する信長殿の率いる織田勢はわずか二〇〇〇人だったとか」

「うわぁ、そんなに凄い差があったの⁉」

「ああ、普通にやっても勝ち目はない。そこで信長殿の取った作戦は実に思い切りがよく、素晴らしかった」

「へぇぇぇ！　どんなの、どんなの⁉」

ヨトゥンヘイムへの道すがら、勇斗はホムラにせがまれ信長の話を聞かせていた。

どうせ移動中はあまりすることがない。

ちょうどいい時間潰しでもあった。

「まず、作戦決行前夜、家臣を集めたものの、作戦の事はまるで語らず、深夜までずっと取るに足らない雑談をしていたそうだ」

「ふぅん？　なんかあんまりとと様らしくないね？」

「ああ、まあ、そうだな。無駄なことを嫌う人だからな。もちろん、これにも当然、信長殿なりの考えがあった」

「ふむふむ」

「圧倒的な兵数差だ。家臣たちの裏切りは十分あり得る。深夜まで一ヵ所に集め引き留めたのは、裏切りを防ぐため。作戦の話をしなかったのは、敵にそれが漏れることを防ぐためだったのさ」

「あっ、なるほど！　さっすがとと様！」

ポンッとホムラは手を打つ。

「この用心深さが、まだお前に足りないところだな。将たるもの、これが一番大事だ」

「う〜〜っ。それはもうわかったから続き続き！」

不満そうに唇を尖らせつつも、反論はせずせがむホムラ。

勇斗は頷き、

「信長殿は敵の来襲はすでに知っていたのに、城から全く動こうとはしなかった。家臣たちは皆、籠城するつもりかと思っていただろう」

「ふんふん」

「だが、今川軍が丸根砦、鷲津砦に攻撃を開始した、という報を聞いた瞬間、飛び起きて敦盛を舞って、戦支度をして城を飛び出したそうだ」

「とと様はその二つの砦を助けに行ったんだね！」

「いや、違う」

「違うの？」

意外そうに、ホムラは首を傾げる。

確かにこの流れなら、それが自然であろう。

だが、そこは天才たる織田信長だった。

「さっきも言ったろ。この兵数差じゃ、まともにやっても勝ち目はない。だから……信長殿はその二つの砦を敵を分散させる罠にしたのさ。今川軍がこの二つの砦を攻め始めたという報を聞くまで動かなかった、というのもこれが狙いだったことを裏付けている」

「おーっ！」

「これにより、今川軍の本隊は五〇〇〇ほどにまで縮小していた。天も信長殿に味方した。雹混じりの強い雨が降り、それに乗じて近寄り奇襲、敵大将を見事に討ち取った！」

「やったぁぁっ！　さっすがとと様！」

ホムラが喝采をあげると同時に、ぴょんっと飛び跳ねる。

勇斗もうんうんと頷く。

「ほんとさすがだよ。とても俺には真似（まね）できそうにない」

味方を捨て石にしてという果断さは、勇斗にはないものである。

だが、極（きわ）めて画期的な作戦であった。

正直、これしか織田軍に勝つ手はなかったとさえ思う。

敵戦力を分散させて、各個撃破（げきは）。

戦術の基本中の基本であるが、まさに肉を切らせて骨を断つという、冷徹（れいてつ）な果断さを持つ信長ならではの勝利だったと勇斗は思う。

「と、まあ、これが桶狭間の戦いだ。面白（おもしろ）かったか？」

「うんっ！」

力強く、ホムラは首を縦に振り、

「ねえ、今度はとと様の子供たちのこと話して！」

ずいっと顔を近づけ、すぐに次をねだってくる。

その距離（きょり）が近い。

もう半月ほども信長の話をしまくっている内に、すっかり懐（なつ）かれてしまった感がある。

「子供たちか。お前、その話好きだなぁ」

「だって、ホムラのお兄ちゃんお姉ちゃんだもん。気になるよ」

「まあ、そうか。んー、しかし、信忠、信雄、信孝は話したし、他に誰がいたっけ。さすがにその辺までは詳しくないんだよなぁ。あっ、信長殿の父上でもいいか？」

「ホムラのおじいちゃんだね！　聞きたい聞きたい」

「お、じゃあ、これにするか。信長殿の父は信秀と言って……」

「お兄様、ご歓談のところ申し訳ありませんが、見えてまいりましたよ」

それまで黙って聞いていたフェリシアが申し訳なさそうに声をかけてくる。

「お、やっとか！」

勇斗はガバッと身体を起こし、馬車の幌をめくる。

視界に遠くうっすらと、赤煉瓦の城壁がそびえたつ。

またその両端には、太陽の光を浴びてキラキラと水面が光り輝く。

以前は《炎》襲来の報もありとんぼ返りで一度しかこの光景を見ていないのだが、それでも忘れられようはずもない。

ユグドラシルの東の果て。

そして、新天地ヨーロッパへとつながる希望の港。

《絹》の族都ウートガルザであった。

「勇くん！　おかえりなさい！　よかった！」

ウートガルザに着くや、黒髪の少女が出迎えてくれる。

彼女の名前は志百家美月。

勇斗の幼馴染で、今は彼の正妃にして二児の母である。

「おう、ただいま！　約束通り無事帰ったぞ」

勇斗も思わず駆け寄り、所かまわず抱き着く。

柔らかな感触とともに、ふわっと懐かしい香りが鼻腔をくすぐる。

子供の頃から嗅ぎなれた匂いに、帰ってこれたか、とようやく実感と恐怖が込み上げてきた。

「……勇くん？」

勇斗の身体がカタカタと震えていることに気づいたのだろう、美月が不安そうに名を呼ぶ。

「もう少しだけ、このままで」

ぎゅっと少しだけ抱き締める腕に力を込める。

「うん……本当におかえり、勇くん。あたしはここにいるよ」

色々察したらしく、美月もそっと勇斗の背に手を回し、抱き締め返してくれる。

絶対に生きて彼女と子供たちのところに帰る。

そう心に固く決意してはいたが、それでも世の中には絶対というものはない。

しかも相手はあの織田信長だったのだ。

人前では泰然自若とした姿を見せてはいたが、果たして本当に生きて帰れるだろうか、と不安になる時は幾度もあった。

特に終盤、ホムラの強襲を受けた時には、それこそ本当に死を覚悟したものだ。

それだけに、実際にこうして生きて帰り、彼女の体温を感じられることがなにより嬉しく、そして今さらながらに恐怖が込み上げてきたのだ。

「ふ～～、少し落ち着いた。ありがとな」

たっぷり五分ほども抱き合ってから、ようやく勇斗も落ち着きを取り戻し、美月を解放する。

「いえいえ、どういたしまして。あたしも、嬉しかったから。ちゃんと生きてるって感じられて」

「そか」

勇斗も小さく笑みをこぼす。

勇斗だけでなく、当然、美月も不安を抱えていたはずなのだ。

「フェリシアもありがとね。勇くんを守ってくれて」

「いえ、わたくしなど、大した働きもできませんでした」

「そんなことはないぞ。お前がいないと俺は何もできないからな！」

謙遜して首を振るフェリシアを、勇斗は力いっぱい否定する。

実際、勇斗がこうしたいと命令を下すだけで、組織が円滑に動くはずもない。

戦果としては見えにくくとも、彼女が調整役として縁の下の力持ちになってくれていたことは間違いない事実だった。

「そうだよ。勇くんってけっこう抜けたところがあるからね。フェリシアみたいなしっかりしたサポート役がいてくれないと、絶対ポカミスしてるよ」

「違いないけど、お前に言われるとなんかムカつくな」

「なんでよ⁉」

「ポカミスはお前のほうが多いだろ。ほら、小三の時だって」

「……小三？　なに？」

どうやら思い当たることがないらしく、美月はきょとんと小首をかしげる。

あるいは、黒歴史すぎて記憶を封印しているのかもしれない。

勇斗はニヤッと邪悪に口の端を歪め、

「ほら、あれだよ、あれ。お、も、ら……」

「わー！　わー！　わーっ！　ちょっ、それ言う⁉　言っちゃう⁉　信じられない！」

「ふはは、いつまでだって言ってやるわ」

「むっかー！　じゃあ、言わせてもらうけど、勇くんだって小六のとき、手放し運転できないあたしをからかって、こうやるんだよ！　とか見せびらかしてたら、盛大にスっ転んで怪我してたじゃない！」

「なっ、おま！　それを言うのは反則だろ！」

「先に反則しかけてきたのはそっちじゃん！　ふふーん、そっちがあたしの黒歴史を知っているなら、あたしだって勇くんの黒歴史知ってるんだから！」

両こめかみに親指をあてて、あっかんべーをしながらひらひらと小馬鹿にするように掌を振る美月。

ピキッと勇斗のこめかみがひくつく。

「ったく、変わってねえようでうれしいよ！」

忌々しげに顔をしかめ、舌打ちとともに吐き捨てる。

だが、その口元は、お互い緩んでもいた。

こんな煽り合いは、彼女としかできないから。

これが幼い頃からの彼女とのやりとりだったから。

やはり、美月のそばが自分の帰ってくる場所だとつくづく思った。


その後も美月と愚にもつかない言い合いをしていると、熊のような筋骨隆々の巨漢がぬうっと目の前に現れ声をかけてきた。

「おお、親父殿！　相変わらず仲睦まじいですな！」

瞬間、勇斗の顔が嬉しそうにほころぶ。

「ヨルゲン！　お前も元気そうでなによりだ！」

勇斗はバァン！　と彼の肩を思いっきり叩く。

勇斗が《狼》の宗主だった頃からの腹心の一人である。

「親父殿もあの《炎》の大軍を食い止めるとはさすがでございますな！」

「俺だけの力じゃないさ。みんなのおかげだよ」

「優秀な人材が集まり、またそれを十全に用いられるのが王たる者の器量でございますよ」

「そういうことにしておくよ」

勇斗は苦笑とともに肩をすくめる。

正直、過大評価だと反射的に思ってしまうが、それでは自分を信じてこんな無茶無謀な計画についてきて、全力で手伝ってくれた子分たちに失礼というものだろう。

自分を信じて、死んでいった者たちにも……。

「で、預けていたグラズヘイムの民はどうなった？」

とは言え、あまり褒められるのが好きな方でもない。さっさと話題を仕事に切り替える。

「ほぼ脱落者なく、無事ここに到着しておりますよ。今は城壁外に仮設したテントで暮らしてもらっております」

「そうか。そっちこそさすがだよ」

グラズヘイムの人口は一〇万を超えていた。

それをほぼ脱落者なしでこの遠方まで運ぶというのは、何気に至難の業である。

このヨルゲンという男、禿頭で眉と頬に刀傷もあり、そんじょそこらのゴロツキなら裸足で逃げだしそうな強面なのだが、これで何気に子分たちの面倒見もよく、気配りや感情の機微にも通じた一流の政治家だったりする。

それを見込んでの抜擢であったが、まさに期待通りの働きだった。

「ただ近頃、不満の声が高まってきております。グラズヘイムはユグドラシルでも最高の文化水準を持っていた街ですからね」

「それがいきなりテント暮らしの難民生活だからな」

「はい、移動の間は《炎》から逃げるため、と従ってくれたのですが、いざ落ち着いてくると……」

「なまじいい生活をしていただけに、今の暮らしに耐えられないようでして……」

なんとも苦々しげに、ヨルゲンは重い嘆息をする。

相当、対応に苦慮していることがありありと伝わってきた。

「なるほど、やはりグズグズしてる暇はないな」

「はい。このままではいずれ暴動が起きるのは時間の問題かと」

「そうだな。その蜂起にビフレストやアールヴヘイムの民も加わったら、もう手がつけられん」

想像するだけで、ぞっと背筋が寒くなった勇斗である。

もちろん、所詮は戦闘訓練を受けていない、統率も取れていない平民たちだ。

武力で鎮圧することは不可能ではないが、さすがに救おうとしている自国の民を殺戮するのは本末転倒もいいところである。

絶対に避けねばならない事態だった。

「……イングリットは港のほうか？　アルは？」

そのためには、まずは現状確認である。

この二人がまさに、ノア計画の成否を左右する最重要人物である。

すぐにでも二人の話が聞きたかった。

「はっ、イングリットは港近くの造船所かと。アルベルティーナはすでに船団を率い新天地へと向かい、まだこちらには戻ってきておりません」

「……そうか」

ぎゅっと勇斗は下唇を噛み締める。

期間的に、まだアルベルティーナが戻っていないのは十分想定の範囲内ではある。

アルベルティーナは風を読む天才であり、そう滅多なことにはならないはずだが、それでもやはり物事に絶対はない。心配だった。

「大丈夫ですよ、アル姉なら。ワタシにはわかります」

勇斗の気持ちを察したらしく、クリスティーナが笑って言う。

「ああ、サンキュ。すまねえな。お前の方が心配だろうに。気を遣わせちまった」

「いえ？　ワタシは何も心配してませんから」

しれっとクリスティーナは返す。

本当に何も心配していないようである。

一卵性双生児には、普通の人間にはない奇妙なつながりがあるとよく言われる。

双子の片割れが怪我をしたとき、または大きなショックを受けた時、もう一方も遠く離れていてもそれを異変として感じ取る、みたいなことが。

現代でも、そういう事例が数え切れないほど報告されている。

彼女もまた、そういう超常的な何かで片割れの存在をはっきりと感じているのかもしれない。

「そっか。お前がそこまで言うなら安心だな」

勇斗もうんっと頷く。

オカルトめいてはいても、事例が複数あるなら十分、信じるに足る。

「ならまあ、イングリットのとこに行くとするか」

トン！　テン！　カン！　トン！　テン！　カン！

金槌の音がけたたましく辺り一帯に鳴り響いていた。

大工たちの掛け声などもしきりに飛び交い、もう冬も近いというのに熱気が漂っていた。

「おい、そこ！　気ぃ抜くな！　怪我するぞ！」

「お、いたいた。イングリット！」

「ん？　ええっ!?　ユウト！　ユウトじゃないか！　え、今日だっけ!?」

むくつけき男どもに混じって働く赤毛の少女を見つけ勇斗が声をかけると、彼女は驚いたように目をパチクリさせる。

先触れは出しているので勇斗が今日到着することは知っていたようなのだが、どうやら作業に夢中になりすぎてすっかり日付感覚がなくなっていたらしい。

彼女らしいと言えば、実にらしかった。

「おいおい、つれねえな。こっちはウートガルザに着くや、ほぼ一直線に会いに来たってのによ」

「え、ほ、ほんとか!?」

イングリットの頬が瞬時にポッと赤らみ、その口元がにへっと嬉しそうに緩まる。

相変わらず、顔に出やすい少女である。

どうしてこんなあからさまだったのに気づかなかったのか、と昔の自分の鈍感さをなじりたくなるほどだ。

だが今は、そんな彼女(かのじょ)をとても可愛(かわい)く思う。

「ああ、船の製作状況(じょうきょう)を知りたくて、な」

こうしてちょっとからかいたくなるほどに。

「ってそっちかよ！　あーあー！　そうだよな！　わかってるよ！」

先程(さきほど)までの喜色から一変、唇(くちびる)を尖らせてすねるイングリット。

そんな姿も、実に可愛い。

とは言えあまりからかって、完全に機嫌(きげん)を損(そこ)ねられても困る。

「うそうそ。ただ会いたかったのも本当だって」

パンッと手を合わせ、謝罪を示す勇斗であるが、

「のも、ねぇ？」

イングリットはしら～っとした半眼で睨(ね)めつけてくる。

言ってから、しまったと勇斗は自分の失言に気づく。

確かにこれではいかにもついでっぽい。

「あ、いや、会いたかったのは本当で……」

「へーへー、わかってるよ。早く会って詳細(しょうさい)を知りたかったんだろ。船の製作状況のよ」

「いや、だから……」

「女としてのあたしなんか、今は必要ないもんな。必要なのは《剣戟を生む者》のあたしだけで」

「そ、そんなことはない！　絶対！」

「ぷっ、くくくっ、はははっ」

慌てる勇斗に、こらえきれない感じでイングリットが噴き出す。

どうやらからかわれていたらしい。

「くくっ、これでおあいこ、だな」

イングリットはニカッと快活な笑みを浮かべていた。

もうまったく怒っている素振りはない。

「お前はいっぱいの荷物背負って頑張ってんだ。責任重大、そっちで頭がいっぱいなのは仕方ねえって。わかってんよ」

ポンポンっといたわるように肩を叩かれる。

このサバサバしたノリは、正直かなり助かる。

そして、一見短気なようで、なんだかんだこっちの事情を汲んでくれることにも。

荷物を背負って、一緒に歩いてくれるようなところにも。

四年前のユグドラシルに来た当初、何もできない自己嫌悪に病んでいた自分を救ってくれたのは、イングリットのこの優しさだったのだと改めて痛感する。

「すまねえな。一段落して落ち着いたら、ちゃんと埋め合わせはするから」

「おう、期待しないで待ってるよ」

ははっと爽やかに笑われてしまう。

まったく本気にされていない。

だがそれは、今までの自分の無神経さのツケなのだろう。

それでもそんな自分を見放さずに、付き合ってくれる彼女にはただただ感謝しかない。

大事にしたいと、せねばならないと強く思った。

「イングリット、俺は……」

「おおおおっ！　船だぁっ！　提督ちゃんの船が帰ってきたぞーっ！」

「まじか！　ついに帰ってきたか！」

「野郎ども、出迎えにいくぞ！」

「「「「おおおおおおっ!!」」」」

決意とともに告げようとした言葉は、しかし男どものむさくるしい声にかき消される。

もう雰囲気もくそもない。

「おっ！　アルが帰ってきたみたいだぞ」

イングリットもまた、すっかりそっちに関心がいってしまっている。

どうもつくづく自分と彼女はタイミングが合わないらしい。

「まあ、それも自分たちらしいか」

しばらくは流れに身を任せるのもいいかもしれない。

それもまた面白そうだ。

そんなことを考えつつ、勇斗はイングリットとともに港へと駆け出したのだった。


すでに港は人だかりでいっぱいになっていた。

遠く海上には、《鋼》の紋章を染めた帆を張った大型船が五隻、こちらへと近づいてきているのが見えた。

「フェリシア！」

「はい、どうぞ」

そっと隣の少女に手のひらを見せると、心得たように双眼鏡を手渡してくれる。

それを覗き込むと、先頭を疾る船の女神の船首像に、見覚えのある少女がまたがってヒラヒラと両手を振っていた。

「ははっ、全然、元気そうだな」

双眼鏡に映るその天真爛漫な笑顔に、思わず勇斗の口元もほころぶ。

クリスティーナの言葉で生存を信じられればしても、やはり実物を己が目で見るのとでは実感が違う。

「おい、ユウト、あたしにも見せてくれよ！」

「ん？　ああ、ほれ」

「あんがと。おお、ほんとだ。元気そうじゃん。船のほうは……おー、ちゃんと点検しないと確かなことは言えないけど、見た感じ大して破損はしてない感じだね」

イングリットがうんうんと満足気に頷いている。

設計製作者なだけあって、やはり船のほうがなにより気になるらしい。

そうこうしている間にも、船はどんどん港に近づいてきて、肉眼でもはっきりとアルベルティーナの姿が見えるようになってきた。

「うおおおお！」

「提督ちゃあああん！」

「ジーク提督ちゃん！」

途端、野太い歓声が港から沸き起こる。

その数は少なく見積もっても一〇〇人以上！

しかも、黄色い歓声ならともかく雄々しいだみ声の大合唱である。

ぶっちゃけなんというか、勇斗の率直な感想と言えば、凄い気持ち悪い、だった。

「俺だ、今、俺に手を振ってくれた！」

「そんなわけあるか！　俺だよ俺！」

「ばっか！　みんなに決まってんだろ！」

ついにはなにやら醜い争いまで勃発している。

ボドヴィッドからの報告の書簡では『提督ちゃん』の呼び名で水夫や荷運び、船大工たちのアイドルになっているという話だったが、ここまでとは正直、想像以上であった。

「……なんかすげえ人気だな」

「ああ、もうなんか変なとこに突き抜けちゃってるよなぁ」

「アル姉って時々、妙な人徳が凄くあるんですよね。街でも、みんな声をかけて食べ物くれますし」

イングリットがちょっと引きつった笑みを浮かべてれば、クリスティーナもどこか諦めたような乾いた笑みをこぼす。

二人とも、どうにもこのノリについていけないらしい。

勇斗もそれには心から同意見である。

「てか、この人だかりじゃ桟橋（さんばし）のほうに近づけねえぞ」

ポリポリと勇斗は困ったように頭を掻（か）く。

少しでも早く新天地の話を聞きたくはあるのだが、桟橋の近くにはアルベルティーナを出迎えるマッチョな男どもが列をなしており、

「ジーク提督ちゃん！」

「「「ジーク提督ちゃん!!」」」

「「「「うおおおおおおっ!!」」」」

あれに近づくのは、なんというか、嫌（いや）だった。

とても、嫌だった。

正直、関（かか）わりたくない。

「すげえ回れ右をしたくなってきたんだが、そういうわけにもいかねえよな」

アルベルティーナたちを未知の大陸に送り込んだのは、他でもない勇斗である。

その彼女の帰還（きかん）を、遠方にいたのならともかく、すぐ近くにいたというのに出迎えずに帰ったとあっては、それこそ大宗主（レギンアーク）として大問題である。

変な噂（うわさ）が立ちかねない。

「相変わらず、親父殿は変なところで遠慮がちですなぁ。あんな連中ぐらい……」

そこでいったんヨルゲンは言葉を切って大きく息を吸い込み、

「神帝陛下がお越しである！　者ども、道を開けい！」

空気がビリビリと震えるような大声で命令する。

よくもまあこれだけの声量を出せるものであると感心する。

そして、その効果は絶大だった。

アルベルティーナに夢中だった人々の目がこちらに向き、一拍置いて、さあああっとモーゼの海割りのごとく、人波が割れて道が出来ていく。

「どうぞ」

ニヤリとヨルゲンが口の端を歪め、手で先へとうながす。

仕事柄、こういうのに慣れているのだろう。

勇斗も戦のときはできるのだが、二一世紀の現代人の感覚ゆえか、どうにも市民に対して高圧的になるのは権力を濫用しているようでためらってしまうところがある。

その意味ではありがたくはあるのだが、どうにも歩くたびに自分に向いた男たちの目が非難がましく、恨みがましく見えるのは被害妄想だろうか？

「あっ、お父さん！　クリス！　たっだいまー！」

アルベルティーナがこちらを見つけ、ぴょんっと船首からダイブしてくる。

思わず目を剥いたが、ここで避けては大宗主の名折れである。

はっしとなんとか受け止めると、

「「「ちっ!!」」」

辺りからはそれはもう盛大な舌打ちが鳴り響いた。

とりあえず、ウートガルザを歩くときには護衛は必須だなと心底思った。


「それじゃあ詳しい話を聞こうか」

場所を馬車に移してから、勇斗はアルベルティーナに問いかける。

さすがに港で話を聞く勇気はなかった。

周囲の視線が気になってアルベルティーナの話に集中できそうにない。

「まずは、そうだな。新大陸はあったのか?」

言ってから、勇斗はごくりと唾を呑み込む。

あると確信してはいるが、ここでないと言われては計画が根本から見直しを図られる。

まさに緊張の一瞬だった。

「うん、あったよ。お父さんの見せてくれた地図通りの地形だった」

「そうか！」

思わずグッと拳(こぶし)を握(にぎ)る。

地形まで一緒(いっしょ)となれば、ヨーロッパ大陸でほぼほぼ間違いあるまい。

やはり勇斗の見立ては正しかったのだ。

「じゃあ例の場所はどうだった⁉」

思わず前のめりになって問う。

実のところ、移住するにあたり、前々からある程度、場所には目星をつけていた。

現代のスペイン、大西洋(たいせいよう)と地中海(ちちゅうかい)の出入り口となるジブラルタル海峡(かいきょう)の近くに、ドニャーナ国立公園がある。

面積にして五四〇〇〇ヘクタールという広大な土地には、かつてタルテッソス王国が栄えていたという伝説があり、一説にはそれがアトランティスだった、という主張をする考古学者もいる。

そしてこれが重要なのだが、ヨーロッパの野生動物の最後の楽園として自然保護区となっており、生態系への影響(えいきょう)も鑑(かんが)みて、現在も発掘調査はろくに行われていない。

つまり、そこにならば色々なものを持ち込んでも、発掘されていないのだから、歴史のつじつまが合う。

今さらと言えば今さらだが、やはり歴史を変えないで済むなら変えたくはなかった。

下手に歴史を変えれば、巡り巡って、ユグドラシルを救うことができなくなるかもしれない。

その可能性は、極力排除しておきたかったのだ。

「ああ、あそこ。探検して調べてきたけど、まだ誰も住んではいなかったよー！」

「本当か！　よし！」

パンッ！　と右掌を左拳で打つ。

これまた嬉しい報告である。

先住民がいるのなら、やはり争いになる可能性もある。

そうならないで済むのなら、それに越したことはなかった。

「では早速、第一次移民団を送りましょう」

ヨルゲンが勇斗に目を向け、提案してくる。

勇斗も頷き、

「そうだな。イングリット、船の点検はどれぐらいかかる？」

「三日は欲しいな。修理箇所があるなら、当然延びる。やっぱ長期航海だ。万全を期さないとな」

「そうだな。下手に急いでトラブルがあっても本末転倒だ。ではそれで頼む」

「おう、任せろ」

イングリットがドンッと胸を叩く。

頼もしい限りである。

「アル」

次いで、勇斗は帰還したばかりの少女の名を呼ぶ。

「はーい！」

「じゃあとりあえず、三日間はゆっくり休んでくれ。クリスと会うのも久しぶりだろ。いっぱい話すなり遊ぶなりするといい」

「うん！　話したいことがいっぱいある！」

「ワタシにはありませんけどね」

「ひどっ！　聞いてよぉ！　お姉ちゃん頑張ったんだからぁ！」

「他人の自慢話ほどつまらないものはありませんから」

ツーンとクリスティーナがそっぽを向く。

とりあえずアルベルティーナをからかわないと気が済まないらしい。

実際はアルベルティーナが好きで好きで仕方がないのに、である。

本心はきっと聞きたくて聞きたくて仕方ないはずなのに、全くどこまでも天邪鬼な少女であった。

「聞いてやれ。これは命令だ。アルの気分転換、ストレス発散はこの計画の成否にかかわる重要事項だ」

「お父様に命令されては仕方ないですね」

仕方ないので助け船を出すと、いかにもしぶしぶといった体でクリスティーナは頷く。

だが、よくよく見てみれば、膝の上で組んだ手がそわそわと動いている。

鉄面皮の彼女にしては非常に珍しく、本心を隠しきれていない。

なんだかんだ久しぶりに会う姉との時間が、楽しみで楽しみで仕方がないのだろう。

「で、船の修理・点検が済み次第、慌ただしくてすまんが、また新天地までみんなを運んでくれ」

「りょーかいですっ！」

「任せたぜ、ほんとお前の力が頼りだからな。提督ちゃん」

「うん！　にはは、お父さんにそれで呼ばれるとなんかちょっと恥ずかしいね」

照れくさそうに、しかしまんざらでもなさそうにアルベルティーナは笑う。

彼女なりに今の仕事に手応えを感じ、自信が持てているのが伝わってくる。

有能で賢い妹を尊敬し誇りに思いつつも、開き直りつつも、どこか劣等感を抱えていた少女は、もういない。

実に頼もしい限りであった。


「おお、親父殿！　無事のご到着、喜ばしく思います。それに、アル、クリスも！　二人ともよく役目を果たして戻ってきた。父として誇りに思うぞ」

ウートガルザの宮殿に向かうと、小太りのいかにも冴えなさそうな中年男が駆け寄ってくる。

卑屈な笑みが印象的ではあるが、その細い目の奥に宿る光は極めて鋭い。

男の名はボドヴィッド。

アルベルティーナ、クリスティーナ姉妹の実の父だけあって、見た目とは裏腹、《爪》の宗主を実力でもぎ取り、その辣腕により勇斗からの信任も厚く、現在このウートガルザの宗主代行を任している人物である。

「父さーん！　たっだいまー！」

ぴょーんっとアルベルティーナがボドヴィッドにダイブする。

「おお、元気そうじゃな、アル」

抱きとめ、嬉しそうにボドヴィッドは相好を崩す。

とても近隣諸氏族の間では智謀を巡らす油断のならない古狸として評判の人物とは思えないデレデレっぷりである。

「父さん、久しぶり」

一方のクリスティーナは対照的に軽い挨拶である。

ユグドラシル史上最大規模の激戦から生きて帰ったとは思えぬ平熱ぶりだが、彼女らしいと言えば彼女らしい。

「おぬしも相変わらずのようでなによりじゃ」

ボドヴィッドも実の父だけあって娘のこのノリには慣れているようで、気にした風もなく返す。

「親子の感動の再会に水を差すようで悪いが、ボドヴィッド、早速報告を聞きたい」

「ええ、そう仰られると思い、すでに書簡にまとめております」

子煩悩な父親の顔から一転、切れ者の顔になってボドヴィッドが宮殿の入り口へと手でうながす。

手回しがいいことである。

この一事をもってしても、彼の有能さがわかる。

「それは後で確認しよう。移動がてら概要だけでも聞きたい」

早速、宮殿へと歩を進めつつ、勇斗は問う。

何が問題か知ることで、書簡を見る順番も、対応の順番も変わってくる。

物事の優先順位を間違えないこと。

それが宗主にとって一番大事なことであることを勇斗は経験から熟知していた。

「はっ、とりあえずウートガルザ自体の統治は、《絹》の官僚たちが極めて協力的だったこともあり、問題なく行えておりました」

かつてこの地を支配していた《絹》宗主ウートガルドは、人を人とも思わぬ暴君であり、恐怖で子分たちをまとめあげていた。

それから比べれば、飴と鞭をきちんと使い分けるボドヴィッドのやり方は、天国と感じ進んで従ったといったところか。

他国の併合というのは感情の問題や習慣の違いもありなかなかに難しいものだが、順調ならなによりである。

が——

「行えておりました……過去形か」

「はっ、グラズヘイムの民が来て以来、少々いざこざが起きております」

「ああ、ヨルゲンからもそれは聞いている」

「昨夜は酒場でついに数十人規模の睨み合い、口論に発展、配置しておいた官吏が即座に駆け付け事なきを得ましたが、まさに一触即発の状況でした」

「それは初耳だが、危険だな」

勇斗は苦虫を噛み潰したような顔になる。

「はい、グラズヘイムの民たちの中に儂の手の者を忍ばせておりますが、今回の一件でウートガルザの民への不満が一気に高まっております」

「このままではいずれ、より大規模の暴発があるのは必至、か」

勇斗は天井を見上げ、長い長い溜息をつく。

こういう事態が起きることはもちろん想定はしていたが、正直、予想よりもかなり早い。

さらにそこにビフレスト、アールヴヘイムの民たちまで加わるとなれば、事態の悪化は大きく加速こそすれ、緩まる可能性はまずない。

早急の対策が必要だった。

「かといって、根本的に解決してしまえば、それはそれで本末転倒だしな」

「然り。不便をなくし、暮らしが快適となれば、人はこの地を離れがたくなりましょう」

「だよなぁ」

あくまで勇斗の目的は、全人民をヨーロッパに移住させることである。

《炎》の脅威を針小棒大に誇張して喧伝することで、なんとか動かしたのだ。

一度、安住してしまえば、また動かすのは極めて難しくなる。

不便さは、感じさせておかねばならないのだ。

「あっちを立てればこっちが立たず。頭が痛い問題ですな」

「ふむ」

勇斗は唇に手を当て、少し考えこむ。

少しゆっくりして戦と行軍の疲れを癒したいところであったが、どうもそうは言っていられないらしい。

さっと覚悟を決める。

なに、織田信長とやり合うことに比べれば、大した辛苦でもない。

勇斗はニッと口の端を吊り上げ、人差し指を立てる。

「一つだけ、不便さをそのままに、民の不満だけを下げる妙案がある」

「陛下、このようなこと……皆（みな）に示しが……」

「そうです、神帝（テイウダンス）の威厳（いげん）というものが」

「どうか宮殿にお戻（もど）りください」

諸将たちがこぞって慌てふためいた様子で諫言（かんげん）してくる。

どちらかと言うと、《剣（つるぎ）》やグラズヘイムの官僚などが中心で、その中にはファグラヴエールやアレクシスの姿もある。

一方、後ろのほうではヨルゲンやボドヴィッドなどの古参連中は、こんなものは慣れっこだとばかりにニヤニヤしている。

少しは助けてくれてもよさそうなものだが、完全に高みの見物を決め込んでいる。

自分でなんとかするしかなさそうだった。

まったく薄情（はくじょう）な連中である。

「皆に示しをつけるためにやってるんだがな」

でんっと草っ原に寝転（ねころ）びつつ、勇斗は平然と言う。

うん、堅苦（かたくる）しく窮屈（きゅうくつ）な宮殿なんかより、こっちのほうがむしろ解放感があっていいかもしれないとさえ思う。

「しかし、神帝陛下とそのご家族がテント暮らしなど前代未聞でございます！」

ファグラヴェールが皆の気持ちを代弁するように、悲鳴じみた声をあげる。

彼女にしてみれば、神帝(テイウダンス)とは侵(おか)すべからずの神聖な存在であり、戦場でならいざ知らず、日常でこんなみすぼらしい暮らしをするなど考えられないのだろう。

「だから、いいんだろう？」

しかし勇斗は全く堪(こた)えた風もなく、平然とむしろ楽しげな笑(え)みさえ浮かべて返す。

不満というものは、得てして比較から生まれるものだ。

ならば、人民の頂点に立つ神帝(テイウダンス)自らがテント暮らしをしていればどうなるか？

まず重臣たちが、神帝(テイウダンス)がテント暮らしをしているのに、自分たちだけぬくぬくと宮殿で暮らせない、と追随(ついずい)する者も出てくるだろう。

そうなれば当然、はるか雲の上の偉(えら)い人でさえテント暮らしをしているのなら、我慢(がまん)するしかないかという心理が人々の間に働くという寸法だ。

その辺りを説明すると、

「それは、その通りかもしれませぬが……」

ファグラヴェールが苦々しげに言葉を濁(にご)す。

一定の理(ことわり)は認めたものの、感情が納得(なっとく)しないといったところか。

「体裁なんか気にしてられる状況でもないだろ。効果があるってわかってるならやるべきだ。下手に暴動なんか起きてみろ。費用や労力が何万倍にも膨れ上がるぞ？」

「うっ……！　はあ、わかりました」

ファグラヴェールはいかにも渋々といった体ながら、首肯する。

彼女も《剣》という大国を治めていた宗主である。

暴動が発生し、それが連鎖した時の損害がどれほどのものになるか、すぐに察しがついたのだろう。

それがちょっとテント暮らしするだけで回避できる可能性は跳ね上がる。

幸い、勇斗は戦場で野宿には慣れっこである。

この程度で民の不安が和らぐのなら、これほど費用対効果のいい策もなかった。

「とは言え、お前たちまで付き合わなくてもいいんだぞ？　特に子供たち」

ちらりと勇斗は隣で双子を抱く美月に声をかける。

まだ子供も一歳未満、ちょっとしたことで体調を崩しやすい時期である。

宮殿のほうが安心と言えば、はるかに安心だった。

「ううん、大丈夫。あたしもここに住む。平民のみんなにも、赤ん坊を抱えているひとはいっぱいいいるはずだしね」

こんなもの大したことないと美月も笑う。

元々、二一世紀の快適な現代日本から、勇斗と一緒にいたいからとはるかに不便なユグドラシルに移住してきた少女である。

実際、この程度、もう覚悟の上なのだろう。

「それに……あたしたちもここにいたほうが効果は高い、でしょ？」

「そうだな、それは間違いない」

勇斗だけがテント暮らしをしていても、家族は宮殿でぬくぬくと過ごさせているんだろうと、不満を持つ者は必ず出てくる。

そして不満というものは、人の口を介して伝播し、膨らんでいく。

気が付いたときには、手の付けられないほどに燃え広がっていた、なんてことも十分にあり得る。

家族総出となれば、それだけ勇斗の覚悟が民に伝わるはずであり、大きな火元を消しておけるメリットは計り知れない。

「すまねえな、お前にはいつも苦労を掛ける」

「それは言わねえ約束だよ、おとっつぁん」

勇斗の謝罪に、美月は日本人同士にしかわからない時代劇テンプレで返してくる。

あえて冗談で返すことで、こちらの罪悪感を軽くしてくれているのだ。

その気遣いが、ありがたい。

全く本当に、できた嫁だった。


その頃――

ジークルーネはウートガルザの宮殿の庭園で、アルベルティーナと向き合っていた。

「帰ってきたばかりのところ、済まないな。どうしても確かめたいことがあってな」

言いつつ、ジークルーネはぶんぶんっと木剣を振る。

右手はやはり未だ上手く動かないので左手である。

とは言えこの半月、移動の間も欠かさず振っていたこともあり、けっこう手に馴染んできている。

「ううん、いーよー。あたしもずっと船の上だったから身体動かしたかったし」

ピョンピョンッと準備運動がてら飛び跳ねつつ、アルベルティーナも答える。

「そーですね、アル姉がそう言っているみたいですし、いいんじゃないでしょうか」

淡々とそう言うのはクリスティーナであるが、その声がいつも以上に冷たく感じるのはジークルーネの気のせいだろうか。

少し拗ねているようにも見える。

「なにかあったのか？」

「いーえー、なにも。もう始めてもいいですか？」

問うも、棘を含んだ口調で返される。

心の氷を溶かしたことで、多少は感情の機微というものがわかってきたジークルーネではあるが、あくまで多少である。

さすがにクリスティーナが何に不満を抱いているのか皆目見当がつかない。

聞いても教えてくれないとなるとお手上げである。

「ああ、わたしは構わん。始めてくれ」

わからないことを考えていても仕方がない。

ならばとっとと要件を終わらせるのみである。

「あたしもいつでも」

スッとナイフを構えつつ、アルベルティーナも頷く。

それを見届け、

「では……はじめ！」

クリスティーナが掛け声とともに手を振り下ろす。

瞬間、アルベルティーナの姿がジークルーネの視界から掻き消える。

「ふむ」

だが、ジークルーネはわずかも慌てることなく木剣を振り上げ、
ガァン！

鈍い激突音とともに、衝撃が腕に響いてくる。

「うわっ、全然こっち見てなかったのに!?」

跳ね返されながらもシュタッと着地しつつ、アルベルティーナが驚きの声をあげる。

さすがに身軽である。

「見なくても『意』は感じ取れたからな」

こともなげにジークルーネは言う。

『水鏡の境地』

自らの心を水の鏡とし、相手の『意』を映し取る。

これにより超速の反応を可能にした、シバとの死闘の最中で会得した業である。

あの時はほとんど偶然の産物ではあったのだが、一度体現すれば、ある程度、身体は感覚を覚えているものである。

この半月、移動の最中にもジークルーネは訓練を続け、見事、再現できるようになっていた。

「手加減は無用だ。本気で来てくれ」

「はーい」

素直な返事とともに、アルベルティーナが突っ込んでくる。

かと思いきや、カクンッ！　と直角に曲がる。

瞬間、いったいいつの間に拾ったのか、ヒュヒュン！　と礫が飛んでくる。

「っ⁉」

さすがにこれにはジークルーネも意表を突かれる。

二つは避け、一つを木剣で弾く。

その隙に、アルベルティーナが一気に間合いを詰めていた。

横薙ぎの一閃。

しかし、それはすでに置かれていたジークルーネの木剣に防がれる。

「わ、また⁉　なんでっ⁉」

アルベルティーナが目を丸くする。

彼女にしてみれば、妖に化かされているかのような感覚なのかもしれない。

「ふむ、お前とやるのは面白いな」

うんうんと何かを確かめるようにジークルーネは頷く。

勇斗がアルベルティーナのことを天性の暗殺者だと評していたが、その通りだと思う。

素直な気性とは裏腹に、剣の定石にはない攻撃が次々と飛んでくる。

それがまた逆にいい刺激となっていた。

「むぅう、全然当たんない。じゃあ……やややややっ！」

さすがに一撃ではまず当たらないと悟ったのだろう、手数重視に切り替えたらしい。

これまたとんでもなく迅い。

元々、短剣サイズの木剣ということもあり、とにかく回転力が凄まじいのだ。

「ふむ、うん、なるほど」

しかし、ジークルーネはそのいずれもあっさりと回避し、あるいは木剣で防いでいく。

一発もかすらせすらしない。

しまいにはアルベルティーナのほうがスタミナ切れし、膝に手を置きぜーぜーしてしまった。

「……まだまだだな。あの時はもっと鮮明に感じ取れたのだが」

だと言うのに、ジークルーネはと言えば、汗の一つもかいておらず、何か納得がいかないように小首を傾げている。

どうにもシバとやり合った時より、『意』を鮮明に感じ取れないのだ。

「あれは、生死のかかったぎりぎりの真剣勝負ゆえの極限の集中力が為せる業だったということか」

「今よりすごいってどんだけですか……」

はたで見ているクリスティーナが呆れたようにつぶやいている。

「だがまあ、いい練習になった。どうやら身体のキレも戻ったようだし、これならいいだろう」

つぶやき、ジークルーネは頷く。

その瞳には強い決意の光が宿っていた。


「父上、お休みのところ申し訳ありませんが、お願いしたいことがございます」

勇斗が執務用のテントで、報告用の書簡を読みふけっていた時のことである。

ジークルーネがいつにも増して真剣な顔つきで現れる。

「どうした？　そんなに改まって」

思わず勇斗は目を瞠る。

ジークルーネから何かをお願いされるというのは、ほとんど覚えがなかったからだ。

せいぜい戦功を挙げた後に頭を撫でてほしいというくらいである。

「執務中でございましたか。お忙しいのなら出直しますが？」

「いや、いい。他でもないお前の頼みだ。何を差し置いても最優先だ」

勇斗は持っていた書類の束を近くの机に置き、ジークルーネに向き直る。

言うまでもなく、ジークルーネの戦功は《鋼》の中でも群を抜いて際立っている。

それこそもう数え上げれば切りがない。

だが、その働きに報いることが出来ているかと言えば、正直ノーと言うしかない。

どうせ恩賞を与えるのなら、彼女の喜ぶものを与えたいと思うのだが、彼女は極めてストイックな武人であり、地位にも名誉にも財産にも、特段興味を示さない。

何を与えていいのかわからず悶々としていたところに、本人からお願いしてきた。

恩を返せる絶好の機会である。

何を差し置いても最優先事項であった。

「では……立ち会ってほしいのです」

「立ち会う？　何にだ？」

子分の結婚(けっこん)や出産とかだろうか？　そんなことを思いながら問う。

スパルタなようで、なんだかんだ面倒見(めんどうみ)の良い彼女のことである。

十分にあり得そうに思えたが、彼女の答えは勇斗の予想のはるか斜(なな)め上(うえ)を行っていた。

「わたしとヒルダの真剣勝負の、です」

「はあああっ⁉」

思わず目を剥き、らしくもない絶叫(ぜっきょう)を張り上げる。

「一体何がどうしてそうなった⁉」

頭の中でクエスチョンマークを飛び交(か)わしながら、慌(あわ)てて問う。

入団当初は生意気で喧嘩腰(けんかごし)だったヒルダ――ヒルデガルドだが、最近では本当の姉妹のように仲がいいと評判だった。

実際、先の第二次グラズヘイム大戦では、ジークルーネを救うためにヒルデガルドが多大なる奮戦をしたと見聞きしてもいる。

それがいったいなぜ？

「《鋼(はがね)》が誇る二強の一角を失うような私闘(しとう)はさすがに許可できないぞ！」

こればっかりはいくらジークルーネの頼みといえど、聞くわけにはいかなかった。

新天地の移住候補地には人は住んでいないということだが、その後、周辺部族と戦いにならない保証はない。

どちらもこんなことで絶対に失うわけにはいかなかった。

「え？」

だが、当のジークルーネはきょとんとした顔になり、ついで納得したように苦笑を浮かべる。

「ああ、この言い方では勘違いさせてしまいますね。申し訳ありません。獲物はあくまで木剣です。ただ模擬ではなく、本気でやる、ということです」

「あ、ああ、まあ、それならばいいが……びっくりさせるなよ」

「本当に申し訳ありません」

「いや、いいけどさ」

ひらひらと手を振りつつも、はあああっと勇斗は大きく溜め息をつく。

ただでさえ難問が山積みだというのに、さらに上乗せかと血の気が引いた。

（いや、でも、この二人なら本気でやったら木剣でも人なんか簡単に殺せないか？）

不意にそんな心配も過ったが、とはいえ二人とも達人である。

そうそう大事にもなるまい。

なにより――

「では、引き受けてくださいますか？」

そう言うジークルーネの表情は、まるでこれから戦にでも赴こうかというほどに真剣そのものである。

彼女なりに、何か思うところがあるのだろう。

こんな顔を見せられて、断れるわけがなかった。


「はああああっ！」

「わわっ！」

ヒルデガルドの渾身の一撃に、ホムラが慌てた声とともに数歩後ろへたたらを踏む。

「っ！」

好機と見たヒルデガルドはさらに攻撃を畳みかけていく。

数ヶ月前の彼女であれば、焦って大振りになるところだが今は違う。

むしろ振りは小さく速く、かつ相手が対応に大きく振り回されるように攻撃を組み立てていく。

これにはさすがのホムラも、反撃の隙もなく防戦一方となる。

そうして相手がいっぱいいっぱいになったところで、

「ふっ！」

「あっ⁉」

視線と肩でフェイントを入れ、釣る。

見事に引っかかったホムラが、ありもしない上段の攻撃を防ぐために腕を上げる。

その隙を見逃さず、太ももに木剣を当てる。

「あいたぁっ！」

ホムラが足を押さえて飛び跳ねる。

もちろん当たるすんでのところで手を止め、振り抜いてはいないのだが、それでも痛いものは痛いのだろう。

「これであたしの三勝一敗、か。今日はもうあたしの勝ちで決まりだな」

とんとんっと木刀で肩を叩きつつ、ヒルデガルドはニッと笑う。

「むぅぅ、最初のほうはホムラのほうが全勝してたのにぃ」

足をさすりながら、ホムラが涙目で唇を尖らせる。

悔しそうではあるが、そこに憎悪や殺気の類はない。

年……というか精神年齢が近く、また元々、ホムラがヒルデガルドの身体能力の高さを認めていたこともあり、この移動中の半月の間にすっかり二人は打ち解けていた。

今ではこうして毎日、遊びがてら模擬戦をする仲である。

「ははっ、ホムラはさー、確かにめちゃくちゃ速いけど、動きが単調なんだよ。こんだけ毎日やってりゃ、さすがに対処できるっての」

得意げにヒルデガルドは言う。

模擬戦を始めた最初の頃はホムラの言う通り、連戦連敗、苦杯をなめることが続きはした。

しかし、動きにも慣れ癖も掴み、攻略法も発見し、勝ち星が先行するようになってきていたのだ。

「ホムラにはでっけえ弱点があるからなぁ」

ヒルデガルドはニヤニヤと煽るように言う。

ホムラは実は、フェイントに弱い。

それも玄人向けの玄人だからこそ通用するような高度なものではなく、素人向けの露骨な奴ほどよく引っかかってくれる。

なまじでたらめに強いので、他の誰も気づかなかったのだろう。

だが、わかってしまえば先の戦いの通りである。

まあ、そこまで持ち込むのが大変なのだが。

「えええっ⁉　なになに⁉　弱点って」

「教えるわけないじゃん」

「むぅぅ、けち！」

「けちでけっこう。自分で見つけるんだね」

相当気になるらしく食いついてくるホムラに、ヒルデガルドはけんもほろろに返す。

意地悪なようだが、これがヒルデガルドがジークルーネから学んだやり方である。

「人に教えられるより、痛感から自分でたどり着いた答えのほうが価値があるからね」

実体験からも、これはまさしくだと思う。

だからこれは、いわば愛の鞭なのだ。

と言うのは建前で、実際のところは単にわざわざ負け星を増やすようなことをしたくないだけだが。

「むぅぅ、わかった！　むぅ、じゃあ最後の一回！　それで見つけてやる！　んで、ホムラが勝つんだから！」

「ふふん、返り討ちにしてやるよ」

いかにも調子に乗った素振りだが、内心はけっこうひやひやなヒルデガルドである。

実際、ホムラの動きは、日に日に洗練されていってるし、その上達速度はとんでもないものがあるが、それでもまだまだ粗い部分が山ほどある。

そんな一般兵士に毛が生えた程度の技術で自分とほぼ互角なのだから、やはり双紋のエインヘリアルはとんでもないと言うしかない。

それでも、年上、お姉さん風を吹かせている意地として負けるわけにはいかないのだ。

「よぉし、準備はいいか？」

「いつでも！」

二人がすっと膝をかすかに落とし、踏み出そうとしたその時だった。

「なんだ、こんなところにいたのか。ん？　ホムラ殿も一緒か？」

「ルー姉？　え？　陛下も？」

「あれ？　ユウト殿？」

ジークルーネと勇斗が現れ、ヒルデガルドたちはピタッと動きを止める。

なぜか二人とも妙に物々しい雰囲気である。

もしかして移動中、干し肉をちょろまかしてこっそり食べていたことがバレたのだろうか？

いや、勇斗まで連れているのだ。間違いなさそうである。

《鋼》の軍紀では兵糧を盗むのは重罪なのだ。

とは言え、仕方ないではないか。

第二次グラズヘイム会戦では《獣》を解き放ったこともあり、めちゃくちゃもうどうしようもないぐらいお腹が空いていたのだ。

「ヒルダ」

「ごめんなさい！」

名を呼ばれるや、ヒルデガルドはガバッ！　と勢いよく、膝におでこがぶつからん勢いで頭を下げる。

こういう時は、とっとと謝っておくに限る。

下手な言い訳をするより、こうして潔く謝ったほうが結果、被害が少ないということは経験済みだった。

「ん？　なんだ、いきなり謝って？」

だが、ジークルーネは意味がわからないとばかりに訝しげに眉をひそめる。

「あ……れ……？」

しまった、と思ったが後の祭りである。

いつも叱られてばっかりでついつい条件反射になっていたが、どうやら叱りに来たわけではないらしい。

「ふん、何かやましいことがあるみたいだな？」

「あぅあぅ、それは～その～」

どうやら藪をつついて蛇を出してしまったらしい。

ジロリと睨めつけられ、しどろもどろになるヒルデガルド。

殴られる！　と思わず目をつぶって身を強張らせるが、いつまで経っても拳骨が降ってこない。

薄目を開けて様子をうかがうと、ジークルーネがやれやれといった嘆息をしていた。

「まあ、その辺の追求は後だ。お忙しい中、父上にもお越しいただいているしな」

「ま、まさか！　陛下から直盃を頂けるのですか⁉」

以前からジークルーネにお願いしていたことである。

彼女もまた、近いうちに上奏すると請け合ってくれてもいた。

ついに念願が叶ったか⁉　と胸が高鳴る。

「ん？　ああ、そういえばその件もあったな。だが、別件だ」

「がくーっ」

がっくりと腰がくだけ、ヒルデガルドは地面に両手をついてうなだれる。

期待してしまっただけに、また先の戦いでもけっこうな戦果を挙げたという自負もあったこともあり、衝撃が大きかった。

「ぷっ、くくくっ、相変わらずせわしない子だな。見ていて飽きない」

こらえきれず、勇斗が吹き出している。

カーッとヒルデガルドは顔に血が上って熱くなるのを感じた。

よりにもよって勇斗の前でこんなおまぬけな姿を二度も晒すとは大恥も大恥、なんでこんな日に限って勇斗を連れてきたんだとジークルーネを逆恨みしたくなったぐらいである。

よくよく考えれば、以前にはお漏らしをしている姿も見せた気がする。

（終わった……あたしの出世人生オワタ……もう生きている意味がない。死のう）

その時はジークルーネも道連れである。

もちろん実際に死ぬつもりはさらさらないが、気分はもはやそんな感じだった。

「ヒルデガルド、俺の盃が欲しいのか？」

すっと勇斗がかがみこみ、ヒルデガルドの顔を覗き見しつつ、試すように問うてくる。

「それはその、はい。で、できましたら、でいいんですけど！」

おそるおそる、ヒルデガルドは答える。

さすがに目の前でこんな大ボケかましてもらえるとはとても思えないが、いまいち勇斗の意図が読めなかった。

「そうだな。ルーネと今から一本やってもらおうか。勝ったら俺の盃をくれてやろう」

勇斗は口の端を吊り上げ、焚きつけるように言う。

「ほ、本当ですか⁉」

思わず顔を上げ、ヒルデガルドは食いつくように問う。

親衛騎団で同じ釜の飯を食っているのだ。

ジークルーネが右腕を負傷し、ろくに動かせないことぐらい先刻承知である。

さすがに万全のジークルーネには勝てる気がまるでしないが（というかそもそも勝ったことが一度もない）、左手しか使えない彼女になら十分に勝機はある！

俄然、張り切ろうというものだった。

「ああ、二言はない。ルーネに勝ったら盃をやろう」

「父上、さすがに直盃をそんな簡単に決められては……」

「お前だって、いずれ場を設けて欲しいと前々から言っていたじゃないか」

「えっ⁉」

思わずヒルデガルドはジークルーネのほうを振り返る。

いずれ上奏するとは言ってくれていたが、もうしてくれているとは初耳であった。

「それは、そうですが……」

少しだけ照れくさそうに、ジークルーネはヒルデガルドの視線から目を反らす。

おそらく、ちゃんと決定しないうちはぬか喜びさせるだけだろうと黙っていたのだろう。

自分なら盛大に恩を売りつけるところだが、ジークルーネはそういう人間だった。

（まったくこの人は……面倒見がすこぶるいいのに、優しさがわかりづらいんだから）

おかげでこっちはいつも理解に苦労するし、あとで自分の思考とか行動に後悔するのだ。

本当に不器用な姉貴分を持つと大変である。

「まあ、本気にさせるには餌も必要だろう？」

当の勇斗はなんとも軽い調子である。

自分の盃の重さをわかっているのか不安になるほどだ。

「一理はありますが、よろしいので？」

「ああ、構わない。問題なら、お前が勝てば済む話でもある」

「なるほど。その通りですね」

ジークルーネは得心がいったように頷き、まとっていたガルムの外套を脱ぐ。

瞬間、研ぎ澄まされた強烈な殺気がヒルデガルドを突き刺す。

「……どうやらいつも以上に本気みたいっスね」

ははっとヒルデガルドはひきつった笑みをこぼす。

そこまであたしが陛下の直盃を頂くのが嫌(いや)か。

……とは思わない。

そんな了見(りょうけん)の狭(せま)い人間ではない。

何かしら、他の理由があるのだろう。

それぐらいはわかる。

「けど、あたしだって陛下の直盃がかかってるんです。負けられねえっス!」

「ああ、それでいい」

言いつつ、ジークルーネはその手に持っていた木剣をゆら～っと構える。

殺気の強さとは裏腹に、ずいぶんと脱力(だつりょく)した構えである。

一見、以前の構えより全然隙だらけに見えるのに、下手に打ち込めばヤバいと言う頭の中で警戒(けいかい)の銅鑼(どら)が鳴(な)り響いている。

いくら利(き)き腕を損傷しているからといって、やはり一切(いっさい)油断は禁物の相手だった。

「双方(そうほう)、準備はいいな?」

言いつつ、勇斗はすうっと右手を上げる。

「はい」

「……はい」

ヒルデガルドは瞑目し、木剣を構える。

すでにもう気持ちは切り替わり、頭の中から直盃のことは消えていた。

そういう雑念が自らの剣を鈍らせ、戦いでは生死を分けるということを肌で学んだから。

勇斗は視線を動かして二人の構えを確認し、大きく息を吸い込む。

「それでは……はじめ！」


勇斗が手を振り下ろした瞬間――

まず先に動いたのは、ジークルーネのほうであった。

「っ⁉」

訓練ではいつも先手を譲っていただけに、ヒルデガルドは意表を突かれる。

しかも、いつもより格段に速い！

ヒュン！　ガンッ！

「くっ」

なんとか攻撃を受け止めるも――

続けざまに連撃がくる。

「とととっ⁉」

たちまち防戦一方に追い込まれるヒルデガルド。

何とも奇妙な感覚であった。

ジークルーネの一つ一つの動きはむしろ遅いのだ。

いや、速いと言えば速いのだが、ここ最近、やりあっていたホムラから比べれば明らかに剣速は遅い。

そう、遅いはずなのだ。

なのになぜか、ホムラとやるより速く感じてしまう。

「くぅっ！」

たまらずヒルデガルドは後ろに大きく跳ぶ。

あのままでは明らかにまずかった。

立て直すためにも、まずは一旦距離を取りたかった。

（多分、縮地……ではあるはずだよね？）

とりあえず、当たりをつける。

縮地とは、故スカーヴィズが考案し、勇斗が命名した技術である。

ただひたすら型を繰り返し、癖を消し、敵に初動を掴ませないことで、結果、こちらの動きへの反応を遅らせ、速いと感じさせるのだ。

基本の奥にあるから奥義というのだ、をまさに体現したような業である。

（けど、練度が明らかに跳ね上がっている。戦いの中で何かコツをつかんだってところか）

必死に食らいついて、ようやっと追いついたと思ったのにまた突き放された感覚である。

自分だって相当に強くなっているはずなのだ。

事実、双紋のホムラ相手にも、相手が未熟であるおかげが多分にあるとはいえ、いい勝負ができるまでになっている。

差は確実に縮まっているはずなのだ。

あと少し、あと少しのところまで来ている。

なのにそのあと少しが、果てしなく遠く感じた。

「いつもみたいにかかってこないのか？　なら、こっちから行くぞ」

動かないヒルデガルドに、ジークルーネが挑発するように言い、一歩、また一歩とゆっくり距離を詰めてくる。

「くっ」

思わず反射的に、たじろいで後ろに一歩下がる。

生死のかかった勝負でもないのに、身体が震え、歯がカチカチと鳴る。

とにかく圧が凄まじかった。

(こ、これがルー姉の、『最も強き銀狼』の本気ってことか……)

ゴクリとヒルデガルドは唾を呑み込む。

幾多の戦場を駆け抜け、数多の猛者を討ち取り、死地を踏み越えてきた人間だけが持つ凄みなのだろう。

まだ自分はその域にはない。経験が足りなすぎる。

はっきり言って『格』が違う。

(はっ、それがなんだってのよ！)

自らを喝破し、ヒルデガルドは不敵な笑みとともに、下げた足を戻し、より前へと踏み込む。

ジークルーネの事は心から尊敬し、慕ってもいるが、いつまでもその下に甘んじているつもりは毛頭ない。

師へのなによりの恩返しは、師を超えることだとも言われている。

利き腕が使えない、万全でないジークルーネになど怯んではいられなかった。

そんな根性では、一生彼女に届くはずがない。

「ふっ、そうこなくてはな」

ジークルーネもまた、にぃっと不敵に笑う。

どこか嬉しそうでもある。

せっかく手塩にかけて育ててきたと言うのに、この程度で尻尾を巻いているようでは、期待外れといったところか。

「その余裕綽々な面、すぐに消してやりますよ」

「やってみろ」

その掛け合いを合図に、二人は同時に動き出す。


ガッ！　ガッ！　ガッ！

激しく木剣を打ち合わせる音が、辺りに響き渡る。

「はあああっ！」

攻勢に出ているのはヒルデガルドである。

防戦に回っては、先程のように縮地の連撃の波に巻き込まれてしまう。

ならば攻撃こそ最大の防御であった。

まさに疾風怒濤の猛攻、しかし――

（なに、この力が伝わらない変な感触⁉）

初めて感じる不可思議な感覚に、ヒルデガルドは戸惑う。

反発力がまるでなく、まるで毛布や布切れといったものを殴っているかのように、こちらの攻撃の力が全て吸収され空回りしている感覚がある。

（柳の技法⁉　でもこれも今までとは桁違いだ！）

相手の力をうまく受け流すことで、防御の際、手や腕が痺れることを防ぎ、また相手の体勢を崩すという、これまた故スカーヴィズが得意とした技法である。

だが、以前のジークルーネにはこれほどの柔らかさはなかった気がする。

やはりシバとの戦いで何かを掴んだのだろう。

「今度はこちらから行くぞ」

「ちぃっ⁉」

攻撃の間隙を縫って反撃され、あっという間に攻守が逆転する。

こちらも手を出そうとするのだが、ちくいち初動で潰される。

一撃一撃の重さも、速さも、ヒルデガルドのほうが上のはずなのに、押し負ける。

相手の流れに呑み込まれる。

（やっぱり、強い！）

思わず舌を巻くヒルデガルドである。

彼女とて、この二年近く、ジークルーネの厳しい指導に耐え、その動きを格段に進化・洗練させたはずなのだ。

なのにあっさり上を行かれる。

自分との力量の差をまざまざと感じずにはいられない。

まったく彼女こそ戦いの天才と言うにふさわしく、化け物だと言うしかない。

（けど、それでもあたしから一本を取れていない）

強いことは強い。

驚異的ですらある。

ただしそれは、左腕にしては、という但し書きが付く。

（巧い。けど、怖くは、ない）

打ち合いの最中、ヒルデガルドは冷静に淡々とそんなことを思う。

思うだけの、余裕があるのだ。

技術は凄い。とにかく凄いの一言しかない。

その美しさに、対峙していてすら惚れ惚れしてため息が漏れそうになるほどだ。

対峙している時の圧も凄い。それ自体は怖いと素直に感じる。

しかし、やはり利き手ではないからであろう、致命的なまでに腕力が足りない。

それが一撃の速度を落とし、威力を減退させている。

それに付け焼き刃だからか、時々、動きにどうにもぎこちなさが混じる時がある。

それが、流れを淀ませる。

だから、決めきれない。

(明暗を分けるのは、ほんの紙一重の差、か)

ジークルーネからいつも口酸っぱく言われていた言葉である。

勝者と敗者、一方は無傷で、一方が死んでいるのならば、両者の間には一見、大きな差があるようにも思える。

だが意外とそこまでの差はなく、拮抗しているなんてことはざらにある。

(その勝敗を分ける紙一重を押し込む力が、今のルー姉にはないんだ!)

自分がまだ立って戦いを続けられているのが、その確たる証拠であった。

なんとなく、ジークルーネが戦いを挑んできた理由がわかったような気がした。

彼女は多分、踏ん切りをつけたいのだ。

そのきっかけが欲しいのだ、と。

（なら、引導を渡してあげるのが弟子としての務めっスよね！）

畳みかけてくる斬撃の一つを選んで弾き返す。

ジークルーネに習った通りに、重心をうまく移動させて体重も乗せ、足のバネと腕力も乗せ、最小の軌道で、最大の威力が出るように。

「ぐっ⁉」

ジークルーネの左腕が大きく後ろにのけ反る。

右腕が健在だったならば、絶対にこうはならなかった。

「はあっ！」

その隙を見逃さず、ヒルデガルドは横薙ぎの一閃を放つ。

「っ！」

これは避け切れまいという会心のものだったが、しかしその一撃は空を切る。

ジークルーネが後ろに跳んでかわしたのだ。

先程までとは反応の速度がまるで違う。

（まさか神速⁉）

実戦ではないというのに、入ったというのか⁉

それだけこの戦いに賭ける彼女の意気込み、集中力が伝わってくる。

ならば応えないわけにはいかなかった。

「おおおおっ！」

ヒルデガルドは大上段に木剣を振りかぶり、咆哮とともに踏み込みざま渾身の力を込めて振り下ろす。

「甘い！」

神速の境地ゆえの見切りか、木剣の腹が叩かれ、剣が横に流される。

もっとも、ヒルデガルドはこの技自体は何度となく受けている。

力の方向にあえて逆らうことなく手首の返しだけでいなして、そのまま斜め下から切り上げる。

「ぬっ！」

「やあああっ！」

ガンッ!!　くるくる……カランカラン……

ジークルーネの手から木剣が舞い、地面を転がる。

そしてその彼女の喉元に、そっと木剣を突きつける。

「……まいった」

ジークルーネはすっと両手を上げ、降服の意を示す。

「アタシの勝ち、ですよね？」

「ああ、やっぱり左腕では勝てなかったか」

確かめるように左手を握（にぎ）ったり開いたりしながら、ジークルーネは寂（さび）しそうに笑う。

思うように力が入らないことを、もどかしく感じているのだろう。

「まあ、しかし、これで決心はついた」

言って、ジークルーネは立ち上がり、岩の上に置いてあった自らの外套を拾う。

かつて彼女が討伐（とうばつ）した、ヒミンビョルグ山脈に棲（す）む最強の巨狼（きょろう）ガルムの毛皮から作った世界に二つとない逸品（いっぴん）である。

それをスッとヒルデガルドの前に差し出す。

「え？」

意味がわからず、キョトンとするヒルデガルドに、ジークルーネは言う。

「受け取れ。今日からお前が『最も強き銀狼（マーナガルム）』だ」

「え、ええええええっ!?」

思わずびくっとのけ反り、絶叫してしまう。

まさに青天（せいてん）の霹靂（へきれき）もいいところであった。

確かにいずれは『最も強き銀狼（マーナガルム）』の名を奪取（だっしゅ）してやると思っていた。

だが、あくまで、いずれ、だ。

数年以上は先の話で、今だとは夢にも思っていなかったのだ。

「で、でも、あたし。まだ技術とか全然で……それは今の戦いでもすっごく痛感して……」

「そうだな。だがそれでも、今のわたしより間違いなく強い。それは確かだ」

「…………」

なんと返せばいいのかわからず、ヒルデガルドは黙り込む。

だが、沈黙はこの場合、肯定に他ならなかった。

たとえどれだけやったとしても、今のジークルーネには正直、負ける気はしなかった。

「『最も強き銀狼』は、《鋼》最強の戦士の称号だ。だからこれは、お前が持つべきだ」

言って、ジークルーネはその手に持っていたガルムの外套を半ば無理やりにヒルデガルドに押し付けてくる。

拒否は許さない、とばかりに。

「うっ」

その手に持つと、ズシリと異様に重く感じた。

実際はそう大した重量でもないはずなのに。

『最も強き銀狼(マーナガルム)』

　絶対に敗北を許されない、その名の持つ重みが、そう感じさせるのだろうか。

「じゃ、じゃあ一旦！　一旦預かります。すぐに取り戻しにきますよね⁉」

　不安そうに、すがるように、ヒルデガルドは問う。

　自分はまだまだ修業中の身だ。

　至らない部分が山ほどある。

　とても役目をまっとうできる自信がなかった。

「……おそらく、無理だ。左肘にも若干痛みがあってな」

「あっ……」

　言われて、気づく。

　確かに時々、妙に腕の動きが強張る時があった。

　あれはおそらく、その違和感のせいなのだろう。

「普段は全然なのだがな。強い力を出すと、痛む時がある。神速の代償だろうな」

「そ、そんな……」

「まあ、日常生活を送る分には支障はない。ここらが引き際、ということだろう。これからは後方での指揮や、後進の育成に専念するつもりだ」

フッと寂しそうに、だがどこか吹っ切(き)れたように、ジークルーネは笑う。

彼女なりに、今回の戦いで納得(なっとく)がいったのだろう。

「だから……後は、任せたぞ」

コツンッとヒルデガルドの胸を軽く叩き、ジークルーネは言う。

その言葉が、ジーンと胸に沁(し)み込んでくる。

ずっと彼女からそう言われたいと願ってきた。

その為(ため)に日夜、頑張(がんば)っても来た。

だが、こんな形は望んでいなかった。

もっともっと力を付けて、本当に実力でジークルーネを上回り、受(う)け継(つ)ぎたかった。

今の自分には荷が重い。

自信がない、怖い、逃(に)げ出したい。

不安で胸がいっぱいになる。

それでも、ああ、それでも。

だからといって、『最も強き銀狼(マーナガルム)』とガルムの外套、この二つを他の誰かに譲る気には一切なれなかった。

自分以外の誰にも、受け継がせるわけにはいかないと、強く思う。

ならば――

「強く……なります。もっともっと。ルー姉がわたしの全盛期より強いって負けを認められるぐらいに」

「ふっ、その意気だ」

ジークルーネも満足げに笑って、頷いてくれた。

運命の導きのように、戦いが終わるや力を失ったジークルーネ。

そして新たな者に受け継がれる『最も強き銀狼（マーナガルム）』の称号。

それはまるで戦乱に満ちた時代の終焉（しゅうえん）と、新たな時代の幕開けを象徴（しょうちょう）しているようであった。

「ふぃぃぃぃ、なんかやっと一息つけるわ」

二人の戦いを見届け、勇斗が自分用のテントに戻る頃（ころ）には、辺りはすっかり真っ暗になっていた。

有益なことばかりであったが、実にバタバタした一日だったと思う。

ただでさえ半月の移動生活で疲労（ひろう）が溜（た）まっていただけに、もうクタクタだった。

「あっ、おかえりー」

子供を抱きながら、美月が嬉しそうに出迎えてくれる。

どうやら希望におっぱいをあげているところだったらしい。

なんとなく自分も、そうやってただ甘えたい欲求を覚えはしたが、さすがに自重する。

そんなことを想うあたり、本当に疲れているらしい。

「おう、ただいまー」

言いつつ、勇斗はそのまま絨毯のほうまで行き、べたぁっと横になる。

もう立っていることさえ億劫だった。

「おつかれだねー？」

「ん、まあ、さすがに、な」

言いつつ、テントの中を確認する。

なんだかんだやはり神帝用というだけあって、外はともかく、内装はかなり凝っている。

もう冬も近いというのに、室内は全然温かい。

これなら子供たちの体調も心配なさそうである。

「ん？　おお、未来。お前もうハイハイができるのか」

ふと見れば、もう一人の双子の姉、未来が四つん這いで勇斗に近づいてきていた。

「ふふっ、希望もできるよー。半月前ぐらいからかな」

「まじかぁ。くっそぉ、それ見たかったなぁ」

《炎》の侵攻を食い止めねばならなかった以上、仕方なくはあったのだが、やはり子供の初めてをこの目で捉えられなかったのは残念至極であった。

「こうなったらママより先にパパと呼ばせるしかないな。未来、パパだぞー」

勇斗は起き上がってあぐらをかき、そっと未来の脇に手を挟んで抱き寄せた。

未来は特に驚いた様子もなく、勇斗の膝の上できゃっきゃっと笑い声をあげる。

「へぇ、久しぶりでも、やっぱりわかるんだね、お父さんだって」

「そりゃあそうだろぉ、怯えられたら立ち直れないぞ、俺は」

「でも、そういう話、けっこう聞いたりするから」

「こええこと言うなよ」

とりあえず、未来が自分の事を覚えていてくれて、心底ほっとする勇斗である。

「ほら、希望も。お久しぶりのパパだよー」

美月が近寄ってきて、希望も勇斗の膝の上に座らせる。

こちらも特に怯えた様子もなく、むしろ好奇心満々で勇斗の服などを引っ張り始める。

けっこう腕白そうである。

何とも言えない感情が、胸の奥からこみ上げてくる。

死を身近にずっと感じていただけに、こうして暖かい団らんの中にいられることがとても嬉しく、有難(ありがた)く、尊く、そして同時に罪悪感を覚えずにはいられない。

「俺だけがこんな幸せで、いいのかな」

ポツリと勇斗はつぶやく。

考えたところで、気分が落ちるだけで、ろくなことにならないのはわかっている。

それでも、考えずにはいられなかった。

不安で不安で、問わずにはいられなかった。

「勇くん」

名を呼ぶとともに、美月がそっと勇斗を抱き寄せる。

そのぬくもりに安堵(あんど)を覚えると同時に、やはり罪悪感がこみあげてくる。

自分にそんな資格はない、と心の奥底(おくそこ)でささやく声がするのだ。

「勇くんは皆(みな)の為にいっぱい頑張ってたよ。ほんとにいっぱいいっぱい。だから、誰(だれ)よりも幸せになる権利があるよ」

とんとんと勇斗の背中を優しく叩(たた)きながら、子供をあやすようにゆったりとした口調と声で美月は言う。

ジーンと心に温かさが沁みる。

誰かにそう言って欲しかった言葉だった。

ただそう思っていた一方で、受け入れがたい言葉でもあった。

「そりゃあ頑張ったさ。俺なりにすげえ頑張った。でもさ、もっとうまくやれたんじゃないかって。どうしても、どうしても考えてしまうんだ」

第二次グラズヘイム会戦で亡くなった者は少なくない。

出来る限り最小の被害になるよう努めはしたが、それでもかなりの死傷者は出た。

自分にもう少し力があれば、死なずに済んだ者がいたのではないか？

その者たちの中には、今頃家族と再会し喜び合っていられた者もいたのではないか？

自分が思いつかなかっただけで、もっとより多くの人間を救う方法がどこかにあったのではないか？

「勇くんはさ、ここの人たちには凄い人だって思われてる。それこそ神の化身なんだって。確かにね、勇くんはとても偉いことをしたと思う。立派だよ。でもさ、勇くんだって、人間だよ？　神様じゃないんだから、完璧なんて無理だよ？」

「そう、だよな。わかってる、それは……わかってるんだけど、さ」

「ううん、わかってない。ここにはあたしたちしかいないんだよ？　勇くんは神帝でも、大宗主でもない。ただの勇くんに戻ってもいいんだよ？　どこにでもいる、平凡だった、あたしの知っている普通の男の子に」

「……なんで、俺だったんだろうな」

ポツリと勇斗はつぶやく。

その声は、わずかに震えていた。

「そうだよ、俺はどこにでもいるただの普通の中学生で、成績だって普通で、特に凄い力なんかもなくて……なのになんで、こんな責任、背負わされなくちゃいけないんだ？」

こんなこと、聞いたところで誰にも答えられはしないだろう。

才能があるから？

神の知恵があるから？

ユグドラシルの人間なら、そう言うかもしれない。

だがそんなものでは、到底納得はできなかった。

「なんで俺だけがこんな苦しい思いをしなくちゃいけないんだよ！　俺がいったい何をしたって言うんだ⁉　やってられるか！」

ぶつけようのない怒りがこみ上げてくる。

運命の女神が悪戯さえしなければ、自分はずっと平和な日本で普通に安穏としていられたはずなのだ。

「俺は……俺は神の御子でも、軍神の生まれ変わりでもなんでもない。ただの人間だ。なのにみんなが期待して……応えるしかなくて、俺しかいなくて、重かったんだよ、つらかったんだよ！」

叫ばずには、いられなかった。

それからもしばらく勇斗の愚痴は続く。

いつの間にか、その双眸からは涙が零れ落ちていた。

実に格好悪いと思う。

情けないと思う。

それでも、そうしないと心が潰れてしまいそうだった。

「うん……うん……」

それでも美月は、そんな勇斗の言葉を嫌な顔をせずに聞いてくれる。

優しく抱きとめ、頭を撫でてくれる。

少しずつ少しずつ、心の奥底に溜まっていたヘドロが溶けて消えていき、同時にどっと疲労と睡魔が押し寄せてくる。

もはや今の勇斗に、それに抗するだけの力は残っていなかった。

ふっとその身体から力が抜（ぬ）け、穏（おだ）やかな寝息（ねいき）が聞こえてくるのを確認し、美月はそっと身体をずらし、勇斗の頭をその膝の上に置く。

「きっと勇くんのことだから、後で泣いたことや恰好悪（かっこうわる）い姿を見せたこと、後悔したりするんだろうなぁ。そんなこと、全然ないのにね」

その頭を撫でつつ、美月はふふっと笑みをこぼす。

何十万何百万の命を背負うなんて、本人も言うように、本当に大変だったと思う。つらかったんだと思う。

たいていの人なら、きっとそのプレッシャーに耐え切れずに潰れるか、逃げていたと思う。

少なくとも、自分だったら間違いなくそうだ。

それを勇斗は、歯を必死に食いしばりながらもしっかりやり遂（と）げたのだ。

あの織田信長を相手に、まっこうからぶつかって。

心の底から、凄いと思う。恰好（かっこう）いいと思う。偉いと思う。

それこそうちの旦那（だんな）は最高でしょ、と全世界に触（ふ）れ回（まわ）りたいくらいだった。

愛（いと）しさが溢（あふ）れ、そっとその頬（ほお）にキスをする。

「本当にお疲れ様（さま）、勇くん。今日はゆっくり休んでね」

EPILOGUE

「おー、絶好の船出日和りだな」

旗艦ノアの甲板で、勇斗は晴れ渡った青空を見上げ、大きく伸びをする。

《炎》との戦いは終わっても、やることはそれこそ山ほどあった。

勇斗はそれからも仕事に日々追われ、月日はあっという間に流れていく。

すでにもう、第二次グラズヘイム会戦から、はや半年が過ぎた。

その間、いろいろなことがあった。

新天地への移住は第五次まではつつがなく進んでいたが、豊富な食料に目を付けたのだろう、近くの原住民が群れを成して攻めてきて、争いに発展したり。

ウートガルザの防備が手薄になったと見たのか、北の遊牧氏族が攻め込んできてそれを撃退したり。

長いテント生活で民たちの不満も溜まっていたのだろう、船に乗せる順番で、民同士が揉めに揉め、あわや氏族同士の戦争になりかけたりもした。

新天地でも、そこに理想郷があると思っていた者たちも多く、現実とのギャップで不満が爆発（ばくはつ）し、ファグラヴェールやヨルゲンはその対応に追われていると聞く。

他にも色々、本当に色々なことがあった。

それでもなんとか、この日が迎（むか）えられたことを心から嬉しく、そして寂しく思う。

「ついにユグドラシルともお別れ、か」

無人と化した港を見下ろしつつ、勇斗は小さく笑う。

すでに民の新天地への移住はほぼ全て終わり、これが最後の便であった。

もう二度とユグドラシルに戻ってくることは、ない。

そう思った瞬間（しゅんかん）、目頭（めがしら）が熱くなった。

苦しいこと、つらかったことは、数え切れないほどあった。

特に来たばかりの頃は、最悪の一言に尽（つ）きた。

フェリシアを、運命を、そして自分の浅はかさを憎（にく）み続けた。

ロプトとファールバウティを失った時ほど、後悔（こうかい）したことはない。

その後も戦いで、何人も大切な人を失い、悲しい思いもした。

それでも――

「父上、どうされました？」

「ルーネ、しばらくそっとしておいてあげて。きっと色々想うことがあるんでしょう」

「ふむ」

「父上、民の乗船、終わりました」

「おーい、ユウト、出航の準備はもうできてるぞー」

「うん、いい風ですね」

「お父さん、合図を」

「わわっ、希望(のぞむ)様、暴れないで下さい」

「勇くん、行こう」

何より大切な家族たちが、ここにはいる。

勇斗がユグドラシルにこなければ、彼女たちには出会えなかったのだ。

それは、嫌(いや)だった。

ここに来てよかった、と。

死んだ仲間との別れはつらかったけど、それでも彼(かれ)ら彼女らにも出会えてよかった、と。

今では心からそう思える。

そしてこれからも、ここにいる皆とともに新大地で生きていくのだ。

万感(ばんかん)の思いを込めて、勇斗は声を張り上げる。

「よぉし、錨（いかり）を上げろ！　出航だ！」

to be continued

あとがき

随分と間が開いてしまいました。

お待ちくださっていた方、申し訳ございません。

お久しぶりです。鷹山誠一です。

とりあえず、信長編及び百錬の覇王本編はこのたび完結、今巻は一巻まるまる使ってのそのエピローグに当たります。

この話を書き始めたのが二〇一三年一月のことで、足掛け八年、二二巻に渡って書いてきたのでなかなか感慨深いものがあります。

この間、ドラマCD化とかアニメ化とかいろいろありました、うん。

まあ、そんなこと言いながら、まだ二巻ほど続く予定なんですけどね!!

どっかのあとがきでも語った気がしますが、自分、エロゲーのファンディスクとか大好きなんですよねー。

ハリウッド形式に問題解決！　おしまい！　より、そういう問題を片付けた後のキャラ達のその後とかをまったり楽しみたい派なので、新大陸に渡ってからの彼らをちょこっとだけ書きたいなー、と思っています。

もうしばらくお付き合いいただければ幸いです。

またその新大陸編二冊のどっちかで新作と同時発売とかやりたいなーとか考えているので、宜しければそちらも購入していただけたらなぁ、と思っています（今の内から宣伝！）

内容的には、スカーヴィズみたいな主人公が優しい奥さんもらって幸せになる話、です。てか、作中で語ることはありませんが、裏設定ではスカーヴィズが前世です。

鷹山的にはスカーヴィズは超好きなキャラクターなので、百錬では無念にも戦死してしまいましたが、そちらではぜひ幸せになって欲しいなぁと思っております。

ではページの残りも少なくなってきたので最後に謝辞をば。

この本を出すにあたり、尽力してくださった関係者各位に感謝を！

この本を手に取り購入してくださった読者様に心からの感謝を！

ではまた次巻でお逢いできることを願って。

鷹山誠一

HJ文庫 http://www.hobbyjapan.co.jp/hjbunko/
911

ヴァルキュリア
百錬の覇王と聖約の戦乙女22

2021年5月1日　初版発行

著者――鷹山誠一

発行者―松下大介
発行所―株式会社ホビージャパン

〒151-0053
東京都渋谷区代々木2-15-8
電話　03(5304)7604（編集）
　　　03(5304)9112（営業）

印刷所――大日本印刷株式会社

装丁――木村デザイン・ラボ／株式会社エストール

乱丁・落丁（本のページの順序の間違いや抜け落ち）は購入された店舗名を明記して
当社出版営業課までお送りください。送料は当社負担でお取り替えいたします。
但し、古書店で購入したものについてはお取り替えできません。

禁無断転載・複製

定価はカバーに明記してあります。

©Seiichi Takayama

Printed in Japan

ISBN978-4-7986-2371-9　C0193

ファンレター、作品のご感想お待ちしております

〒151－0053　東京都渋谷区代々木2－15－8
(株)ホビージャパン HJ文庫編集部 気付
鷹山誠一 先生／ゆきさん 先生

アンケートはWeb上にて受け付けております

https://questant.jp/q/hjbunko

- 一部対応していない端末があります。
- サイトへのアクセスにかかる通信費はご負担ください。
- 中学生以下の方は、保護者の了承を得てからご回答ください。
- ご回答頂けた方の中から抽選で毎月10名様に、HJ文庫オリジナルグッズをお贈りいたします。

百錬の覇王と聖約の戦乙女
ヴァルキュリア
Master of Ragnarök & Blesser of Einherjar
原作◆鷹山誠一
キャラクター原案◆ゆきさん
漫画◆chany
召喚、見知らぬ大地、戦い、スマートフォン……
そして異世界で、少年は覇道を征く!!

コミックファイア
COMIC FIRE
HOBBY JAPAN WEB COMIC SITE

コミックファイアにて
好評連載中!

http://hobbyjapan.co.jp/comic/

私の未来を変えられたら、君にすべてをあ・げ・る

オレと彼女の絶対領域（パンドラボックス）

著者／鷹山誠一　イラスト／伍長

高校入学直後に一学年上の観田明日香に一目惚れしたオレは、彼女が“運命を見通す悪魔”として全校から恐れられていることを知る。自分が視た悪夢が現実化してしまう先輩の悩みを聞き、オレは「自分が未来を変えてみせる！」と宣言するが……!?
一途なオレとクールな彼女の青春・絶対領域ラブコメ!!

シリーズ既刊好評発売中

オレと彼女の絶対領域（パンドラボックス）1～6

最新巻　オレと彼女の絶対領域（パンドラボックス）7

HJ文庫毎月1日発売　発行：株式会社ホビージャパン